U0918787

东榔头

杨葵

CNS PUBLISHING & MEDIA 中南出版传媒
湖南文艺出版社 HUNAN LITERATURE AND ART PUBLISHING HOUSE
博集天卷 CS-BOOKY

图书在版编目（CIP）数据

东榔头 / 杨葵著. —长沙：湖南文艺出版社，2012.1
ISBN 978-7-5404-5259-9

Ⅰ. ①东…　Ⅱ. ①杨…　Ⅲ. ①随笔—作品集—中国—当代　Ⅳ. ①I267.1

中国版本图书馆 CIP 数据核字（2011）第 245722 号

东榔头

作　　者：杨　葵
出 版 人：刘清华
责任编辑：丁丽丹　刘诗哲
监　　制：刘　丹
特约编辑：沙玲玲
营销编辑：刘智慧
装帧设计：李　洁
出版发行：湖南文艺出版社
（长沙市雨花区东二环一段 508 号　邮编：410014）
网　　址：www.hnwy.net
印　　刷：北京盛兰兄弟印刷装订有限公司
经　　销：新华书店
开　　本：787mm × 1092mm　1/32
字　　数：115 千字
印　　张：6.5
版　　次：2012 年 1 月第 1 版
印　　次：2012 年 1 月第 1 次印刷
书　　号：ISBN 978-7-5404-5259-9
定　　价：21.00 元
（若有质量问题，请致电质量监督电话：010-84409925）

自 序

现在回头想，前几十年就做了两件事儿，过日子，阅读。

承蒙刘丹编辑的好意，要我编选近年的随笔合集，检视之前写过的零碎文章，跑不出这两大类，一关于过日子，二关于阅读。搁在一起嫌厚，所以分成两本。

我做这两件事有个共同特点，东一榔头西一棒槌。这点早有自知，专不起来，只能杂。幸好当年择业时做了编辑，正需要杂，算是歪打正着。

编校这两本书过程中，这一共同点像被读成了浮雕，尤为清晰地凸现在这些文章表面。所以分别命名《东榔头》、《西棒槌》。

《东榔头》讲过日子。日常生活杂乱无章，东奔西跑，东忙西乱，东倒西歪，总是很多杂事碎事，无法集中注意力，潜心做大事，忙忙碌碌，不知不觉就成了个老东西。

可是我想说，生活不就是这样么，乱七八糟，混乱不堪，这也许正是所谓生活的真相。如果你介意，它就全是烦恼；如果不介意，它就是沸腾的生活，海潮一般，浪涛相继，生生不息。

有意思的是，收在《东榔头》里的文章，写作时间前后跨越较长，正好经历了从介意到不介意的过程。细心的读者也许能读出这一心路历程，虽然我并未按写作时间顺序排列。

以前的介意再不堪，也没什么可悔；现在的不介意，也还远没做到彻底，正是努力的方向。说起这一切，还是那个话：生活不就是这样么。

目 录

第一辑

第二辑

第三辑

第四辑

第一辑

她不在，我去吃

有个说法是，找生活伴侣，最好确定关系前外出旅游一趟。旅途朝夕相处，吃喝拉撒皆避不开，各自生活上的小细节都可放大来看，优劣评价倒在其次，关键要看合不合拍。比如吃。

约会的吃，何时吃，吃什么，精斟细酌，光是商量的过程，都是一场柔情蜜意的抒发，想出岔子不大容易。可是朝夕相处，就很容易有分歧。有分歧不怕，天下肯定不是每一对幸福伴侣都能可钉可铆吃到一块，关键是有了分歧怎么办。

有一种情况事关宗教信仰，比如一方是穆斯林，而另一方确实“肉欲”炽盛，自然另当别论。除此以外，一般来说分歧没那么难处理。一个爱吃米，一个爱吃面，那就一顿米一顿面，或者顿顿米面参半，自由选择就是了。

条条大路通罗马，解决吃上的分歧，办法还有很多。以我自己为例，有些俗不可耐的食物，比如岐山臊子面、马兰拉面、狗不理包子，偏是难舍难弃，为媳妇不屑。我也从不强求，只是一旦逢她独自外出，立即东奔西突去解馋，不吃得肚圆誓不罢休。

媳妇难得上天班，我会很兴奋地起个大早，把她送至办公楼下，立即掉转车头，就近找家马兰拉面，八块钱要一“大碗细”，坐在简洁干净的店堂，身边会有睡眼惺忪的小白领，抓紧吃早点的空当打个瞌睡；还有跑长途的司机，大口吸面大眼发呆，可有意思了。中午，飞也似地扑向古城岐山面馆——伙计！来碗臊子面！吃得兴起——伙计！加碗油泼扯面，多放辣子！然后一碗羊杂汤一溜缝儿，肚子爽歪歪。光阴似箭，傍晚说到就到，该接媳妇了。虽然胃仍似铁砣，间不容发，还是鬼使神差半路停在狗不理门前。二两三鲜包子抢似地吞下了。

媳妇一出现，嘿嘿笑问：又抓紧吃了几碗面？俩人嘻哈一乐，其乐融融。因为这不过是一天的光景，而有那么多天一日三餐，我们都同理想共追求，吃得融洽，吃得舒服，吃得好像一个人儿。

所以，有分歧不怕，端看如何解决。如何解决也不是问题，关键在解决的态度。明明有分歧，非要遮着掩着，自个儿受委屈；更要不得的是，抱怨对方不替自己考虑，或者强求对方改变饮食习惯，人家也是几十年吃出来的习惯，凭什么？

吃的形式与内容

有形式大于内容的吃。

去过一家豪华餐厅，光看菜单，就把人看飞。菜单有《北京晚报》那么大，居然是本水墨画册。里边的画配着诗，古诗，菜名就藏在诗里头。所以要扒拉半天，才能搞明白那页纸上哪个部分是能order的，否则你很容易把“旷野，旷野”当成一道菜。其实旷野不能吃，能吃的在旷野后面，猪蹄炖什么，即是诗中所说的“误入藕花深处”。

介绍菜时，服务生绘声绘色，大概听去，每样菜里都有N多种食料。前戏如此精致，也真不好意思看到端上来一盘盘大鱼大肉，太不优雅了。果然，该店将精致贯彻到底，将形式大于内容贯彻到底，小脸盆一样的盘子里，只有中间五分之一处放着食物，其他部分均为留白，相当于中国画中虚晃的那些个空白地带。留白果然是有效果的，让人目光分外集中于中心。

后来完全不是吃饱的，是给吓饱的，惊饱的。还是我脸皮厚，问同饭的媳妇：为什么每盘的分量和服务生比画的不一样多呢？媳妇冷冷答道：人家比画的是盘子大小。

也有内容大于形式的吃。

最典型的是磕事儿饭局，尽顾着耍小心思，把要磕的事变着法儿地、不卑不亢地尽量表达，一桌饭菜只是蜻蜓点水，当个道具，相当于开大会，主席台前怒放的鲜花，烘托个气氛罢了。

更富人情味的内容大于形式，是网友聚会。曾经混过一个网上论坛，叫饭局通知。好几十头战士，由几头所谓饭局常委召集，呈不同搭配方案，每局七八头到十几头不等。见天儿聚，连续聚，却是回回都有话说，且无不奔放热烈。

饭局成员成分复杂，贫富不均，很多还是学生，所以饭局地点的选择，以便宜为首要原则。什么因就有什么果，便宜了，就不能太挑剔质量。所以常常是一桌子菜盘摞盘，却只动了头一筷，就断了再吃下去的念头。不过仍是滞留不舍离去，说啊笑啊，一局坐下来，腮帮子笑得生疼，可见内容多么丰富多彩。可这内容，不是吃。

《论语》里说："文胜质则史，质胜文则野，文质彬彬，然后君子。”说的就是形式与内容的关系。文质彬彬的吃其实太不容易，真得三五知己，雪夜围炉弄个小吊锅子，萝卜青菜，羊肉腊肠，什么材料无所谓，只看怎样用心去做，用心去吃。

素食者

前些年一个台湾作家朋友来北京，她是坚决的素食者，招待她吃饭便成了艰巨的任务，因为纯粹的素食馆太少。好在还有功德林赫赫有名，从未到过北京的她也连称如雷贯耳。但是打上门去吃，发现同样任务艰巨——那顿饭需在半小时内吃完，因为人家还是国营体制，八点多就要下班。结果本来设计的一顿素食大餐，改在一个茶馆给她讲解什么叫做国营体制。讲完二人面面相觑，叹息不已。

前几天，一个俄罗斯汉学家来北京，也是个坚决的素食者。招待他吃饭的地点，是人家在俄罗斯就点好的，中国文联院子里的净心莲。我在那院里上了十五年班，眼见着净心莲从无到有，从小到大，从少人光顾到天天排队等位，眼下听人远从俄罗斯来此订餐，心里也悄悄叹了几声：

食素者越来越多，素食馆也如雨后春笋，让人们吃饭的选择越来越自由，同时也说明这个社会越来越多元化。

有意思的是，素食馆里，如上述二位这样的纯粹素食者并不多。据我观察，大部分是吃个新鲜。也不乏别有追求的，比如说，情人节，处处人满为患订不到餐，约上心爱的姑娘吃顿素食，也算别有情趣。这时的素食，和到乡下吃顿农家乐意思差不多。

想想周边熟人当中几个食素者缘何食素，竟然无一雷同，百花齐放。

老张十来岁时突然吃不了肉。依他自己说，突然有一天觉得不论什么肉，味道闻着挺香，可一进嘴咀嚼，那感觉让他想吐。也就是说，他的食素只是缘于咀嚼的不适感。

大李原是四川火锅的激烈拥趸者，每有饭局，非皇城老妈即金山城，每一开锅必先羊肉、肥牛、鱼肉一股脑儿倾泻而下。去年春上，听人劝改了父母给的名字。说来也怪，从此性情大变，小暴脾气突然消遁无踪，不论见谁一脸笑得稀烂，并从此食素。开始只不吃肉，后来发展到一闻肉味即皱眉头，闹得大伙与其共餐非常为难。确非持戒，亦非他故，就是不知不觉中自觉地演变成一个彻底的素食者。

与大李食素后反而天天满面红光、年轻鲜活形成鲜明对比，小王食素一年后，身体到了崩溃的边缘。小王因皈依了佛、法、僧，开始食素。本来只受了居士戒，依戒律不必什么荤都不吃，但是小王发心极诚，自觉自愿断了所有荤食，一心念佛。不想时日一久，不时头晕目眩，去医院检查，心脏、血压状况频频告急。恰逢师父来京，小王疑惑地请教师父。师父了解实情后特许他开戒，继续吃一段荤看看。

以上是我身边真实的故事，可能不具代表性。据说绝大多数食素者的缘起，其实是减肥。不过又有营养专家、医学专家反复告诫这一人群，食素并非减肥的正道。反正食素这么一件看起来特别清净的事，其实喧闹得很。

吃之贵

吃之贵的“贵”，可以是吃得高贵之意。一般指吃的环境以及吃的方式。近几年兴起的私家菜风潮，是典型代表。

幽闭的深宅大院，秘不宣人的独家配方，外加一些大户人家的隐私八卦，最关键在，所有菜肴莫不突出“心思”二字，小火慢炖，一锅白粥都能炖它十几个时辰。非得真懂吃的人，才能吃出菜里的细密功夫，很贵族。

不过私家菜要有足够悠久的家史才配叫的，新贵们最多不过才有二世祖，家底再厚也是穷人乍富，要想贵还得另寻他途。

于是就有了城里各种高级俱乐部。上百万块的入会费，每个服务生都能把您生辰八字、生活习性倒背如流。这种贵法，饭菜是用白花花的银子堆出来的，当然也和平头百姓拉开了距离。

吃之贵的“贵”，也可以是吃得昂贵之意。一般是因为材料稀缺导致。鲍鱼、燕窝、鱼翅等，都是典型代表。

在吃上头，中国人可能是好奇心最强的，地球上一切可以入口的东西，几乎都被中国人尝了个遍。而且越是稀罕的东西，越是瞧着面目狰狞的东西，越跃跃欲试。不妨想想毛蚶，还有那个常用的比喻：第一个吃螃蟹的人。那么横行霸道模样的怪物都敢下嘴，所以很多物件越吃越少，自然越来越贵。

越来越少应该是个渐进的过程，现实中常常却是暴风骤雨，立竿见影。有些年日本人突然时髦吃松茸，漂洋过海跑云南搜刮。结果本来满街小馆子里几毛钱一盘的松茸，立即价比黄金。

再比如黄鱼。有一次诗人芒克请吃饭，说好久不见黄鱼了，弄点吃吃。结账时，诗人对着账单直发傻，一条小黄鱼竟要四五百块。诗人急了，质问服务员，明明菜单上标的是几十块钱嘛。服务员撇嘴不屑地说，请注意后边的量词，几十块一两。诗人当即感叹时势变迁，说古时候不过几毛钱的事嘛—— 他说的古时候，我也经历过，不过就是三十年前。

吃之贵的“贵”，还可以是吃得珍贵之意。个人以为，这是最舒心的贵。朝夕相处的女人系上围裙，亲自下厨洗菜煮饭，扑喇喇水珠迸溅，嗞嗞嗞炉火纯青，边做边聊些家长里短，做得了帮着准备碗筷，可能就是一碗阳春面，可能就是一盆蔬菜沙拉，简单便宜到了头，可它在这世上只属于你们两人，里边有最平易、最朴素的深情厚意，因此好贵。

吃之精

乍吃到广州菜，觉得之前吃的那些南北大菜，个个粗眉大眼，像刚从乡下招来尚未培训的服务生。后来在香港吃了十来天，又觉得广州菜太糙了，像淘米没淘净，择菜尚留残泥。再后来去潮汕一带小住小吃了几天，终于感觉吃到了头，那才是真正的原汁原味精美粤菜，以前吃的，不过都是它的“山寨版”。

在潮州吃过一盅汤，十几年前的事了，而且后来再无缘吃到，可今天一提起，仍是奇味异香萦绕唇齿之间。忘了厨师给它起的什么名号了，那不重要，材料简单到不能再简：地瓜叶子。刚拔出土的绿油油的地瓜叶，清水洗净，稍晾干，人工用特制的木棰击打，单取其汁。不知要用多少斤叶子，和着多少大厨的耐心，才能打出那一盅绿莹莹的汤来。打好后，少许秘制调料一加，慢火煨热，汤面淡撒一层上等鸡茸，就可以上桌了。一口下去，多少往日山珍海味，刹那间芳华尽殒。

所谓吃之精就是如此。材料的名贵、店面的奢华、厨艺的高超，这些当然都是精，可都是面儿上的精，不够有内涵。真正的精，从材料讲，越简陋的东西越见想象力。从店面讲，洁净即可。可能店里随便挂的一幅字，都够修上一座豪华酒店，这叫精。从厨艺讲，鱼翅燕窝做得好固然可贵，但把鱼香肉丝做得超凡脱俗，才配称超一流选手。

如同吃完广州还有香港，吃完香港还有潮汕，吃之精的问题至此也只说到第二个层面，无非上升到了见山非山，见水非水的程度，真正的吃之精其实没这么复杂。

十三世纪，日本一代宗师道元禅师到中国求法，苦读多年，学成回国。同道中人争相请教，问他都学到了什么。道元禅师想了想，坚定地说："当下认得眼横鼻直，不被人瞒，便乃空手还乡。"这当然是充满禅机的话，不是寻常人在讲道理。不过我们凡夫虽懂不了那么多，还是会瞎思考。"朝朝日东出，夜夜月沉西……三年逢一闰，鸡向五更啼"，在道元禅师那里，这些最平常、最基本的世间万象，便是他学到的最高佛法。

套在吃之精的问题上，或许可以解释成无食不可精，无处不可精，山还是山，水还是水，夫妻二人蜗居普通的单元房，一箪食，一瓢饮，万类霜天竞自由，也许这个，正是吃之最精所在。

吃喝在别处

一到外地，吃喝兴致会大增。主观原因是远香近臭，天天在北京吃，地不生人又熟，吃不出个新鲜。客观原因是吃货名声远扬，当地接待的朋友肯定有意安排地方特色，做客人的自然乐得恭敬不如从命。

想想在外地的吃，一幕幕情景此刻重现脑海，馋得大胃开始痉挛——

十几年前在无锡开笔会，住太湖边一个乡镇企业盖的小楼。那时长三角地区刚富起来，远没有现在这么洋。乡企的小楼里，虽然样样设施极尽豪华之能事，可拼在一起甭提多别扭了。饭菜呢，都是太湖白虾之类极鲜品，可做出来的味道不敢恭维。于是大家推举一位德高望重的长者去跟会务组交涉：秋意正浓，蟹肥时节，守着太湖，就吃螃蟹吧，清蒸即可，没有做不好的道理。

本以为这要求太无理，所以战战兢兢，不想会务组大乐，说这太简单了，正为怎么招待犯愁呢。于是即日起，每人早饭两只，中、晚餐各四只。要配以大量姜汤温热服下，怕寒气攻心，落下病根。

被推举去交涉的长者是个著名批评家，来自上海，一是秉承了沪上人家细了吧唧的传统，二是可能从文学批评里汲取了“细读”的本事，吃起螃蟹那叫一绝：唇齿间一通忙乎，再看面前堆成小山样的蟹壳，针尖大的肉丝都难觅到。

还有一年，一群人去滇西畹町、瑞丽开笔会。当时全国公路总里程不及现在十分之一，云南境内更是一出昆明便崇山峻岭，道路崎岖。自昆明出发，坐大轿车到目的地，走了三天。当然也没成心赶路，设计的就是边走边玩。对我，则另有一样设计：边走边吃。

那一路都是少数民族地区，白、傣、瓦、怒……随着向滇西腹地日渐深入，吃的东西越来越怪。若干年后已经很容易吃到的树花、青蛙皮、蚕蛹、生拌牛肉等物，那回都是平生头次尝到。想想那滋味吧，每天一睁眼就可以期盼：今天又会吃到什么从未入口的东西呢？多美！

那群人中有不少眉清目秀者来自江苏，由后来因为写了《天下无贼》而广为人知的作家赵本夫带队。可能吃惯了吴侬细软，不适应边寨地区的生猛，吃到半途，他们集体顶不住了。在大理，住在三塔的院子里，屋里没有卫生设备，如厕需去公共空间。每天清早，只见江苏朋友们个个小脸憋得通红，在公共厕所门口排队，次序“轮蹲”，排除前一天生猛吃喝对胃造成的不良影响。

想到吃喝在别处，是因为重读昆德拉的小说《生活在别处》。“生活在别处”是句名言，出自法国诗人安德烈·布勒东的《超现实主义宣言》。我出生那年，巴黎学生曾把这句话作为他们的口号，刷在巴黎大学的墙上。昆德拉借这个话，是要对他所谓的“抒情态度”进行分析，比如青春是什么；抒情是什么；如果青春是缺乏经验的时期，那么缺乏经验和渴望绝对之间有什么联系；渴望绝对和革命热情之间有什么联系……看得我头晕脑涨。以我的经验，这种时候就想想最简单的事情，比如吃喝，想完就成正常人了。所以就有了这篇《吃喝在别处》。

酒肉的气势

一到过年，日报、晚报照例会劝诫全体市民注意健康，万勿暴饮暴食。

可对于北京、上海这样的城市里的人，尤其是年轻人，这种劝告有点过时，他们早就见大鱼大肉如见鬼魅，时时刻刻提醒自己自觉远离。

都说过节的气氛越来越淡，依我看，远离大鱼大肉大酒是原因之一，健康上可能得益了，气势上却是缺了一截。

酒、肉一大，是有气势的，连在一起说说都能叫人心向往之。好比“大块吃肉，大碗喝酒”，言下之意是吃香的，喝辣的，享不尽的荣华富贵，可神气啦。

古人更豪爽，《史记》里说殷纣王，以酒为池，悬肉为林，为长夜饮。《左传·昭公十二年》写晋、齐两国国君行投壶之礼。晋之大夫荀吴说：有酒如淮，有肉如坻。齐侯说：有酒如渑，有肉如陵。《汉书》里讲张骞去西域，“行赏赐，酒肉池林”——酒流成河，肉堆成山，痛快何如。

还有一个成语，叫“浆酒藿肉”，肉如水浆，肉如豆叶。看古书，常会见到类似这样的描写：张灯悬彩，浆酒藿肉，竟有昏昏达旦者……

也是古时候人不懂化学，所以只能吃些简单明了、天天在眼前晃来晃去的东西，他们不懂把面粉先制成条状物，再油炸成卷曲状，经过化学处理包进塑料袋，想吃再用沸水冲泡。

别说化学了，殷商时期，贵族好吃各种酱，只知道用酒加肉加盐来做，直至周以后，才发现草木之属也可以做酱，于是酱的种类陡增。

随着人们吃上的选择越来越多，酒肉的气势日渐式微，现在虽是仍然常见酒肉连在一起说，不过无非是“酒肉穿肠过”、“酒肉朋友”这类不痛不痒的话了。日常生活中，也是素食主义日渐盛行，大酒大肉的辉煌时代结束了。

有个故事说，江南某位土老财要给自己做寿，亲朋好友都送礼祝贺，财主抠门成性，不愿大酒大肉招待，结果惹恼在座一位读书人，讨了红纸，假装给财主写对联。上联是“一二三四五七八九十”，下联是“一二三四五六七八十”，土财主不识字，光顾看着红地黑字气派好看欣欣然，殊不知，读书人在讥他太过吝啬，寿宴无酒（九）无肉（江南方言里，“肉”与“六”谐音）。

我看这副对联，和现在少了酒肉气势的春节倒非常般配，过年时节，不妨写了挂门上。

年夜饭

有个说法：节者，劫也。人生每过一节，即是躲过一劫。也正因此吧，每年到了眼下这时节，明显感到人心惶惶。圣诞、元旦、春节接踵而至，乍看辞旧迎新一派喜庆，其实正是一连串的“劫”纷至沓来。尤其今年，全球金融危机论甚嚣尘上，“劫”味更浓。

人心惶惶的时候，心理活动振幅最大，很容易沉溺于感时伤怀、抒发情思。最普遍的抒发内容，是鲁迅写上野樱花的口气：过年也无非这样，越来越无趣，年味儿越来越淡。这样的开头，下文当然多是追忆了，追忆从前过年如何热闹，如何雀跃。

抚今追昔的情绪，极易引发共鸣。于是从过年没过去好玩，迅速洇染到游戏没过去淳朴了，聚会没过去有人情味了，甚至，大白菜都不如以前香了。

其实这些一抚一追之间，多少有点得便宜卖乖，社会进步，生活水平提高是不争事实，再让回到过去，没几个人乐意。此一时，彼一时，从前的那个好，大多是记忆描摹出的一个幻象，典型例证是慈禧太后在皇宫回想逃难路上吃过的窝窝头，御膳房真拿当年的糠菜窝头呈上去，非被砍头不可。

所以抚今追昔没问题，追的时候要明白，不过是一种心理习惯，别夸大，别沉溺，更别煽情，否则就会追得唧唧歪歪，讨人嫌。

有上面这些话垫底，我才敢来追忆往昔的年夜饭。重点追忆两样吃食，蛋饺和大白菜。

早些年北京蔬菜供应匮乏，到冬天，除了大白菜无他可吃。“冬贮大白菜”成了北京人冬天生活的关键词。当年菜价几多、供量多少，都能上晚报头条。政府部门更是把冬贮白菜当做一场战役严正对待，每次战役一打响，各大副食商场大白菜堆成山。自此直至春打六九头，饭桌上的蔬菜主角就是它了。

年夜饭少不了蔬菜，当然还是大白菜。吃了一整个冬天，早已腻到见不得，又实在没其他选择。所以，大白菜是年夜饭里我最不待见的食物。

最待见的是蛋饺。小时候家在江苏，江浙一带百姓人家的年夜饭，必有蛋饺。鸡蛋打匀，摊成一张张蛋饺皮，包入鲜虾肉馅，稍煎片刻，一只蛋饺即告成功。蛋饺不是用来直接吃的，煎好只是备用。年三十儿晚上，拿肉皮、玉兰片等物与蛋饺合成一锅，以高汤煮得熟透透，或者干脆直接以火锅形式端上桌，五色斑斓热气腾腾，一派家和万事兴的景象，稳稳压住年夜大餐的阵脚。

传统年夜大餐的主菜都有讲究，比如鱼，取年年有余意，饺子取更岁交子意。蛋饺什么来头没考证过，总离不开发财升官这类的彩头儿。既然饺子是成心包成元宝状，蛋饺的用意大概也是冲元宝而去。白面饺子象征银元宝，蛋饺金黄灿灿，代表金元宝?

在我幼时，每年除夕的下午妈妈一定做蛋饺。平时厨房从不搁板凳——炒菜做饭哪有坐着的。一年只有这一天，会搬个板凳在灶前，单为做蛋饺。蛋饺做起来非常考验人的耐心，板凳对人耐心有帮助。

我喜欢在这个时候赖在妈妈身旁，娘儿俩东一句西一句扯闲篇儿。至今还记得妈妈说过，煎蛋饺不兴用锅，太不专业，该用炒菜勺，最好还是铁勺，因为铁勺导热度比不锈钢的低，端着不烫手。

蛋饺像是特供过年吃的，平常极少吃到。所以很长一段时间，只要闻到蛋饺的味道，我会自动生发过年那种喜洋洋的心情。反过来说也成立——只要一过年，就想吃蛋饺。这两样东西就像鱼儿离不开水，牢牢地绑在一起。

最近几年，一来可吃的好东西太多了，二来妈妈也老了，那样费心费力地举着勺子在火边一坐几小时，她已经吃不消，家里的年夜饭不再有蛋饺了，我很怀念它。

侄女爱做饭

社会舆论一度对所谓“80后”颇有微词。一般是说，他们的前辈都曾经历或者至少接近过苦难；他们的后辈，因为父辈已经意识到独生子女的教育问题，所以也比他们这第一代独生子女靠谱得多。

“80后”的形象一般被描述如下：他们不想毕业，毕业后不想工作，工作后不想吃苦，不想吃苦就更干不好工作。反正一副懒散成性、扶不起的阿斗状。

我对“80后”倒没这么大意见，一是向来认为，哪一代都有不同特质，总是各有优势所在，这样比，未免狭隘；二是就我个人接触到的“80后”来看，都挺勤快的，比如我的两个侄女。勤快的突出表现，是比我身边的“60后”、“70后”们都更爱做饭。

大侄女生在四川，后来恋上了个北京男，勇敢地辞去报社的工作，扑到京城来寻心上人。来时大包小包的，男友以为她臭美，说带这么多花花绿绿的衣服做甚。打开行李一看，辣椒、花椒、芝麻、酸菜……大半内容都是种种川地特有烹调配料。

俩人很快幸福地生活在一起。男友本来独自一人过生活，有了上顿没下顿，经常四处张罗狐朋狗友去小饭馆扎堆儿，遭拒就直接煮袋方便面，代替全天吃喝，凄惶得很。我侄女一来，那男娃迅速从狐朋狗友的视野里消失。再出现的时候，一向平坦的小腹猛地凸起，还不无自豪地总结发胖原因：俩月了，没吃过重样的菜。得便宜卖乖，又假装抱怨：没把她肚子搞大，倒先被她搞大了肚子。

小侄女还在上大学，就烦住校，天天往家跑，因为学校没有属于自己的锅碗瓢盆，没有属于自己的油盐酱醋。回家一进厨房，两眼发亮，煎炒烹炸，逮什么都想往锅里扔。每次做完饭菜无不一副意犹未尽的样子，只恨锅铲、漏勺不能入口，要不也得给红烧喽。家中只有三口人这么简单的事实，老是被她忽视，经常一做四冷四热，外加一锅汤，饭后还有甜点，把我哥嫂撑得根本坐不住，在屋里直溜达。

听我说她姐姐也爱做饭，小侄女脑袋一斜，满脸不服，强烈要求和姐姐当面PK。有一次大人在外聚餐，俩侄女一碰头，迅速不见了人影，原来是找了幽暗的地方，先打起了嘴仗——那你会做那什么吗？还有那什么……

嘴上谈兵的结果，是没有结果，二人相约下周末拿我家当战场，真刀真枪比试比试。所以从下周一起，我打算每天只吃俩苹果，空出肚子，专心等待一顿盛宴。

诗人书商，画家饭馆

有个说法是，诗人当书商，画家开饭馆，一做一个准儿。其实做不准的大有人在，只不过成功的诗人书商多，开饭馆的画家大多赚钱，所以有了这一想当然的概括。

画家开饭馆，好比迟耐的老汉字、摩根兄弟的三个贵州人、方力均的茶马古道，都是京城餐饮业的新贵；诗人做书商，好比做《中国人可以说不》的张小波，做《黑镜头》的万夏，做《诛仙》的沈浩波，都是出版业赫赫有名的巨子。

诗人和画家，都是传说中的文化人系列。文化人总是交游广泛，所以诗人一旦做书，从不缺人策划选题，随便纠集三五好友欢聚一场，一本别出心裁的畅销书即已呼之欲出。既要欢聚，免不了暴撮，正好就有画家的饭馆等着呢，环境都是文雅的，来客都是相识的，价位都是不高不低、既不跌份又不破财的，怎么就这么合适呢！

当然，画家开饭馆，如果只指望诗人来赚钱就惨了。诗人顿顿跑画家开的馆子去吃，腻也腻死了。所以贵在若即若离。说句题外话，身为这个时代的文化人，能若即若离，不拉帮结伙儿，算聪明人。

这句题外话倒正揭示了诗人做书商、画家开饭馆的赢利秘籍。

文化人的特点，除了爱扎堆，还都脸皮薄。都在一个圈儿里行走，低头不见抬头见，客人来自家饭馆吃个饭，酒过三巡菜过五味，真把账单塞给对方，真得有视白眼若无睹的勇气。诗人当书商更凶险，谁都知道，诗集想赚钱比愚公移山还难，可诗友那么多，你既赚了钱，得嘞，帮兄弟出个呕心沥血的集子吧，想要推辞，真得六亲不认大无畏。前边不是说也有做不“准”的嘛，就是这样的勇气和精神没练就。

曾经就有诗人甲，意外发了点儿小财，立志投身出版大业，没几个月破产了，因为一口气做了十本诗集。瘾是过足了，人缘儿也攒得如日中天，可从此被出版江湖遗弃。也曾有画家乙，搜刮多年卖画所得，开了个家乡菜小馆，没过半年，因为狐朋狗友轮番“试吃”，终于悔不当初，关张大吉。

所以，诗人做了书商，当然不能完全背叛当年诗友，这是“即”，同时立即把自己的诗歌爱好转入地下，这是“离”。画家开了饭馆，比平常更喜欢呼朋唤友，这是“即”，一到饭点儿就寻别家饭馆躲着，美其名曰考察，这是“离”。真的是若即若离，不信你留心观察。

下得厅堂

大多数饭馆，忙忙叨叨穿梭如织跑堂的，都是服务员。老板亲自上阵下厅堂的很少，但还是有。

王府井原来有家袁姑妈小馆，淮阳家常菜。老板五六十岁了，天天一身西服笔挺，有客来，打帘儿迎进，有客走，挑帘儿道别，一脸恰到好处的笑意，老上海的派头，简直就是用表情在解释“不卑不亢”这个成语。

门口无情况，老先生就在厅堂里来回逡巡，双眼如钩，你刚要掏烟，火凑到眼前；你刚要掐烟，烟灰缸换新的了，简直就是用连贯的小动作演绎了另一个成语叫“眼疾手快”。

这样靠谱的职业道德，年轻一代也有传承。前些年，三个香港小伙子来北京，开个茶餐厅叫狮子山下。哥儿仨分工明确，也是轮流亲自跑堂，屁股一刻不沾座，心思全花在琢磨好吃的和照顾客人上头了，估计近在咫尺的三里屯都没逛过。

年轻聪明，又肯吃苦，很快生意大火。难得仨人不骄不躁，迅速在东环广场对面又开了一家姊妹店太平山上，继续大火。火了以后的店堂里，仍然天天少不了哥儿仨矫健的身影。

香港、上海两个城市的气质很像，所以袁姑妈的那位老先生和这仨香港小伙儿在气质上也非常贴近，都是兢兢业业、一丝不苟的严谨范儿。与此形成鲜明对比的是，同样是老板亲自跑堂，呈现的却是别一种随意、洒脱范儿——

二龙路早年间有家涮羊肉馆叫洪福轩，被一群挑三拣四的美食家誉为京城涮羊肉之冠。最传统的紫铜锅，羊肉精挑细选、细嫩润滑不用讲了，所有的作料——鱼露、香菜、葱花等，无一不是师出名门，突出的是一个讲究。到底怎么个讲究？那得听老板和你唠。

老板天天儿在店堂转悠，经常不请自到地站你身边，详尽显摆当年宫里怎么做鱼露啊什么的，异常亲切，完全拿顾客当自家人儿。

这种闲散范儿的老板，可能北京人居多。曾经在上海一个弄堂深处，寻到一家小馆子，店名朴素内敛，就叫白家菜馆。老板也是亲自端茶倒水，我这儿一口鱼肉刚入口，他就站一旁开始显摆：这鱼没吃过吧，南极空运来的，专吃虾米长大的，别的任啥不吃……那鱼味道确如他所讲，鲜美无比，堪比河豚。但我没有说鱼，脱口问道：您北京人吧?

下馆子

现在几乎天天在饭馆吃饭，稀松平常。甚至饭馆都懒得去，打电话到饭馆叫外卖。日常生活与饭馆的亲密程度，像早起刷牙洗脸一样。可是早些年，去饭馆吃顿饭，虽不算惊天动地的大事，却也绝非如此自然，你听用的语句都非同寻常，特别响亮：下馆子！潜台词是：吃香的喝辣的。

不过当年物资匮乏，吃食简陋，所谓吃香喝辣，不过就是花生米就二锅头。尽管前者真香，后者也真辣，可惜今天看来着实没什么好神气的。

近来天气不好，易伤怀，常会回想一些莫名其妙、大而无当的往事，比如这辈子到底走过多少城市，睡过多少张床，以及去过多少家饭馆呢？随便一想，不靠谱的小知情怀便如老房子着火，可笑得很。倒是一些回忆的边角余料，现实感强，不妨说说。

比如说，催菜。

赶上个生意兴隆的饭馆，顾客多点儿，服务员少点儿，常会上菜拖沓。这会儿你需要催菜。

顾客（愤怒地）：小姐，我们还有个红烧茄子，怎还没上来呀？

服务员（万分歉意地）：哦对不起，您稍等，我去帮您催一下。[急下。]

可惜的是，照一般经验看，这么个催法不管用，您和服务员的这番对话至少重复三遍以后，那几根茄子兴许还没摘呢。

老练的食客逢上这种情况，会这么催——

顾客（心平气和地）：小姐，劳驾，我们要了一个红烧茄子，您帮退了吧，吃不下了。

服务员（万分歉意地）：哦对不起，我去看看，要是做了就不好退了。[急下。]

别看对话语句只有些微差异，效果天壤之别。后一种催法，往往半分钟内，红烧茄子就现身眼前，同时伴有服务员饱含歉意的补充说明：不好意思，已经做了。

再比如，值班鱼。

生活好了，嘴也刁了，吃鱼讲究吃活物。可是生活好了，生意也做得刁了，馆子里出现了“值班鱼”。按规矩，点好的活鱼，要呈上饭桌一阅，顾客见其活蹦乱跳后给予首肯，方可下厨。有些不法经营者，养鱼方法不当，活鱼存货没那么多，于是挑一条蹦跶得最欢的，甭管呈往哪桌，都是它了。确实很有坚守岗位的值班风范。

对付这种情况的办法只有一条：跟着进厨房。否则生鱼煮成熟菜，您再抗议，都是鸡同鸭讲。店家本就存心不良，生就一口咬定没有丝毫欺骗行为，您还真得吞下这口气。不过，这也实在属于万不得已的下策。好不容易“下馆子”了，还得进厨房，那还不如在家自己做呢。

现实中很多事叫人哭笑不得，下馆子下出这些叫人哭笑不得的经验，也很正常。当下馆子本身已经变得毫无新鲜感，自然就会将注意力转向他处，比如饭馆装修的舒适、菜肴烹制的奇特、常驻顾客中美女的比例等等，就是所说的文化啦。既是文化，总是鱼龙混杂，喜忧参半。我在这里说说下馆子文化大潮中夹带的泥沙，也算谈文化。

小饭馆之恋

突然冒出好多美食家。闲来无事翻翻报刊，好多美食专栏，好多被誉为美食家的人，激扬文字指点三餐。

最近一家刊物想出个好点子，将一票活跃在报刊上的美食家们凑在一起开大会，评选北京最好吃的N家饭馆，时髦说法叫“美食地图”。评选结果出来，我仔细看了看，觉得这一大奖应该更名为“最时髦饭馆地图”，或者“最贵饭馆地图”，唯独与好吃不相干。

当然，口味这东西见仁见智。有人喝茶嫌苦，偏有人觉得入口那苦算个毬，过后回甘才是真正甜，所谓不经历风雨，怎么见彩虹。有人觉得肥肉腻死人，偏有人觉得入口即化才是真美味。我看不上人家评出来的饭馆，也是个人口味，表达个人意见而已，绝无找碴儿理论之意。

几年前，我也被人戏称美食家。结果有两个，一是逢傍晚，常常接到熟人电话，说正在某饭馆，要我遥控代他们点菜。二是不时会有报刊编辑登门拜访，约写美食专栏。后来真给一家刊物写起来了，只是，大半年后，编辑找来婉转说：我们总编觉得，您写的饭馆大多简陋狭小，和我们杂志城市精英读本的定位不符，麻烦今后写些对位的。我想了想，觉得这精英的甜美劲儿实在不对我胃口，撰写美食专栏的热情突然丧失，从此作罢。

多亏热情丧失，得以静心回味。有人找来遥控点菜，无非因为我那阵子居无定所，天天在外混吃混喝。托各路朋友们的福，真可谓口福不浅，什么山珍海味也都过了口。吃过的饭馆多，平时既好吃又好显摆，逢人便絮叨，久而久之，朋友便听出我对哪家馆子熟悉，真有一天人家头次去，为图省事，才要我代为点菜罢了。至于刊物找来写美食专栏，一来可能也被我会吃的虚名唬住，二来反正是老相识，而版面又要填满，何不就便解决呢。如此虚名加虚炒，越来越虚，我居然不知不觉中也真以美食家自居了。

想明白这些一身冷汗，从此饭桌上再不吭气儿，老老实实听别人谈美食。合自己口味的听进去，不合口味的左耳进右耳出，只当锻炼耳朵通气儿也不赖。

明白归明白，低调归低调，谦虚归谦虚，不过此后还有一关要过。开始一段时间，光是面儿上明白了、低调了、谦虚了，心里还是会有些标杆，不知觉中横在那里。说是左耳进右耳出，没那么容易，鄙夷之心不时蹿出来。

这东西没什么诀窍，只能花时间去修炼了。好在渐渐地，越来越少生出抵触心，合口味的听进去也像没听进去，不合口味的听不进去也像听进去了。

与此同时还有另一大收获：终于弄明白自己的口味了。口味这东西来不得半点虚假，越在意它，它越扭曲，任其自然好了，时间长了一切水落石出。于我个人而言，浮出水面的这个结果就是，我还是钟爱北京的那些小饭馆，雍和宫的岐山面、马连道的闽北农家菜、翠微路的翠清酒家……请允许我用时髦的叫法来对我的口味作最终总结，我这就叫“小饭馆之恋”。

第二辑

冬时杂咏

北京冬天长，旧历九月直至来年春分，棉衣离不了身。

我喜欢冬天，户外天气恶劣，在家能待住。天气好的季节，一看窗外好阳光，心里就痒痒，毛草草的，直想往外蹿。我自律性差我知道。

其实在家待着特舒服，暖气足足的，好茶一大筐挑着喝，零食儿一大筐轮番尝，一屋子买来没读的书，齐刷刷在书架上列队，随便抽一本读进去，都可能美不胜收。读到眼睛涩了，书签一别，起身伸伸胳膊腿儿，走到琴桌旁边，抹点儿“百雀羚”润润手，复习复习刚学会的曲子……而天气好的时候，这些，这些常常不知怎么的就被遗弃在身后了。

这个冬天，翻来覆去读几本老书，《帝京景物略》、《燕京岁时记》、《帝京岁时纪胜》，和古时的北京人一起，于白纸黑字间共度种种节日，乐此不疲。读到兴起不禁技痒，逢有节气节日，也试着描摹当今的时令杂事，和古人对照。

默默写着，慢慢过着，春天就来了。把这些文字打个小包，封存在这里，我该出门看花了。

立 冬

今年北京下雪早。旧历九月二十一立冬，才九月十五，一场鹅毛大雪，好多树枝被积雪压折，冬天提前来了。市政统一供暖也提前了，本该西历十一月十五开始，提前了十多天。此时北京，户外冷风刺骨，户内暖意融融。

旧时北京没暖气，百姓生炉子，大概也在这前后。《燕京岁时记》里说，一进农历十月，家家户户必“添火”。“京师居人例于十月初一日添设煤火，二月初一日撤火。”换算成西历，和现在北方的供暖起止日期差不多。

不少人家至今保留立冬吃饺子的习俗。为什么是吃饺子？一是饺子含“交子”之意，示意这是个交接点。立冬是秋、冬二季的交界点。二呢，大概也是因为早年间百姓穷，俗话说，舒服不如倒着，好吃不过饺子，吃饺子是特殊待遇。也正因此，每逢立冬，早市上韭菜价钱翻一倍。

立冬的“冬”，古文里是“尽”的意思，“四时尽也”，一年到头，最后一季了。古文里的“终”即写作“冬”。今天闲读书，说“冬”在古文里，还有“藏匿”之意，不知典出何处，我倒由此想到了贮藏大白菜。

北京的冬天，大白菜是百姓日常生活的关键词。很多楼道里有居民堆码整齐的一大排，棵棵裹了报纸。上了出租车，司机正接媳妇电话，让赶紧去买大白菜，“才一分钱一斤!”话筒里的惊呼我都听到了。打开手里的报纸，头版便是大白菜的消息，配了巨幅图片。

想起自己小时候买大白菜的情景，排长队，蹬三轮，副食店门口大白菜堆成山，巨大的磅秤连成排。那会儿刚兴起羽绒服，一堆非蓝即灰的棉猴、军大衣行列里，偶见先时髦起来的年轻人穿着，颜色绚丽得扎人眼。我还据此写过篇作文，声称从那些跳跃的颜色里，见到人民生活水平之提高、社会之前进云云，老师打了高分。

今日在外忙碌，东奔西突，脑子不闲，想到这些杂七杂八。晚上回来东翻翻西看看，想知道古人是否也有贮存冬菜的习惯，结果还真找到了片言只语。

《东京梦华录》记载:“立冬前五日，西御园进冬菜。京师地寒，冬月无蔬菜，上至官禁，下及民间，一时收藏，以充一冬食用。于是车载马驮，充塞道路。”书中提到，当时贮存的菜有：姜豉、牒子（薄肉片）、红丝、末脏、鹅梨、榅桲、蛤蜊、螃蟹，没见提到大白菜。“东京”是开封，大概开封人不太认大白菜？当时的北京人估计是认的。

立冬对于现在北京人来说，还标志了一件事：西山的漫山红叶凋零了。

每年重阳节前后，西山地区遍处红叶怒放，颇有气势。北京人酷爱这景，争先恐后，受着堵车一两个小时的罪，也要去凑个热闹。一俟立冬，香山、八大处、长城几处观赏红叶的最佳景点，全山尽秃，进山的道路空空荡荡。

十月一，送寒衣

夜里回家，一路看见好几拨儿烧纸的。偏僻的小十字路口，或者桥头，一拢火，火光映红一家老小的脸，面色凝重。突然意识到，自今日起进入旧历十月了。

民间有“十月一，送寒衣”的讲究。旧历十月一日古称寒衣节，也叫冥阴节，百姓们会提前备好五色蜡花纸，一般粉红色的印上白色图案，白色的印上青莲色的图案，黄色的印上红色图案。也有素色的，裁成布匹形状的长条，也有剪成衣裤状的，直接装在包有纸钱、冥钞的包裹里焚烧，取意是冬天来了，给逝去的亲人添几件棉衣。

几种专讲老北京的书中，都写到“十月一”。《燕京岁时记》说："十月初一日，乃都人祭扫之候，俗谓之送寒衣。"《北京岁华记》说："十月朔上冢，如中元祭。"《帝京景物略》说："十月朔，纸坊剪纸五色作男女衣，长尺有咫，曰寒衣，有疏印识其姓字行辈，如寄家书然，家家修具，夜奠而焚之其门，曰送寒衣，今则以包袱代之，有寒衣之名，无寒衣之实矣。包袱者，以冥襁封于纸函中，题其姓名行辈，如前所云。"

"十月一"和清明节、中元节并称三大鬼节，百姓在这几个日子里，会按一定规矩祭奠亡灵。不过，传统的几个鬼节中，清明扫墓的习俗至今未变，这大家都知道；另外两个渐渐被人忘却，只有些老人还记得，因此半夜"送寒衣"的队伍，都由老人率领。

近些年北京的年轻人过上了外国鬼节，西历十月最后一天，从下午开始，城里酒吧门口纷纷挂上恐怖面具。夜幕降临，酒吧里形状各异的南瓜灯闪着幽光，成群结队的白领身着奇装异服，戴着精心设计的面具，雀跃着喝洋酒，玩骰子，媚眼乱飞，眉目传情。高级点儿的酒吧，还会重金聘请外国DJ打碟，High曲响起，全场群魔乱舞，确实有鬼气。

对在酒吧过外国鬼节的人，"送寒衣"这样的事，会被他们嘲笑——按人体自然规律来说，冬天多穿衣服再自然不过，但在他们看来，自然得太传统、太土，你看现在还有哪个年轻人冬天穿棉裤啊，别说棉裤了，有个时尚杂志主编，曾讽刺那些冬天穿秋裤的人，说他们土鳖到家，简直出门就该羞愧而死。冬夜，北京不少夜店门口，俊男T恤衫，靓女吊带裙，立在寒风中打电话，或吆五喝六招朋友，或哭哭啼啼诉怨情，那一幕，也很鬼。

年轻人早忘了“送寒衣”，这不奇怪，他们从小按西历过日子，连春夏秋冬这么大的事情，日历牌上都看不出个明确所以然，别说“送寒衣”了。

北京不少老年人却仍按照旧历记日，就四季分明。一二三月春季，四五六月夏季，七八九月秋季，十月一日开始，正式入冬。因此会选择在这天“送寒衣”。

亡者都要准备过冬，生者自然也不会落下。北京不少老太太至今保留一种习俗：十月一日这一天，她们把细针密线亲自缝好的棉衣拿出来，让家人换季。如果此时天气还很暖和，穿不了棉衣，也要督促家人试穿一下，图个吉利。

冬　雷

继旧历九月半一场大雪之后，北京昨夜再度豪雪乱飞，伴以极强闪电，雷声划破夜空，震天价响，大街小巷道路两旁的泊车瞬间响个乱七八糟。气候越来越反常了。

冬天打雷因为罕见，古人一向以为不吉，或是觉得，人世有大冤屈，发而为雷声，警示世人。现代人打小受科学教育，明白冬雷的主要原因不过是水汽、暖湿气团、对流、太阳辐射等因缘聚合的结果，确不多见，但也属正常天气现象，不必在意。

老百姓过日子，很多事被总结成谚语，代代相传。关于冬雷就有著名的一句：雷打冬，十个牛栏九个空。意思是说，立冬前后打雷，此冬必极寒冷，即便体壮如牛，也难逃冻死噩运。这是常规解释，更显示学问的深度阐释是：冬日本是阳气收藏时节，打雷是“扰阳”。阳气外泄，便可能引发疫病，因此牛的前途堪忧。太玄了，听听而已，谚语经常没什么严密的科学道理。至少“非典”那年，北京也有冬雷，但事后种种气象数据表明，那是个地道的暖冬。

初冬，北京的老百姓都忙活些什么呢？

先看古时候。《燕京岁时记》里记载，每到旧历十月，朝廷要颁发来年的历书，城里大小书肆摆着卖，“衢巷之间亦有负箱唱卖者”。儿童们的玩，都是紧随时令的，初冬时节，他们主玩踢毽儿、放风筝，还有斗蛐蛐儿、油葫芦、蝈蝈。这三种小鸣虫，其实是夏日的玩意儿，能熬过长长夏天留下来的，自是虫中极品。所以一枚蝈蝈在夏天，沿街叫卖的小贩不过收取一两文钱；到初冬，每枚可值数千。

现在呢？历书还有卖，不过换了行头叫挂历了。每年一到这季节，不少人忙着做挂历。挂历市场巨大，我就认识几个号称书商的汉子，一辈子没见过书长啥模样，一年到头，春、夏、秋三季皆歇息闲逛，冬天仨月披挂上阵，紧忙一通，上百万本挂历印完卖完，一年的花销有了。

孩子们也还在玩游戏，不过他们不玩真虫子了，电脑绿莹莹的光里，蛐蛐、蝈蝈、油葫芦样样有，只不过他们兴趣点不在这儿，他们喜欢机器人、外星人。踢毽儿、放风筝的也还大有人在，不过不再是儿童了。各大公园树下踢毽儿的，三元桥、天安门广场放风筝的，都是中老年人。他们当中，一部分人是缘自爱好，另一部分人是为运动而运动。现代人生活便利，活动机会太少，踢毽儿可锻炼老胳膊老腿儿，放风筝则是治疗颈椎病的良方。

得，不说这么悲的事儿了，回过头来说冬雷。汉代乐府有一首名篇说到冬雷：“上邪！我欲与君相知，长命无绝衰。山无陵，江水为竭，冬雷震震夏雨雪，天地合，乃敢与君绝！”有意思的是，如果把这儿层罕见事当递进关系来理解，冬雷居然比“山无陵，江水为竭”还严重，汉代以前，自然气象条件真的那么正常么？而如此痴心到极致的爱情，大概也只有古时候有，现在难找了。

还是有点悲，得，啥也甭说了。

十月半

旧历十月十五，月圆而亮。

《燕京岁时记》里说：“冬月十五日月当头，如遇望时，则塔影无尖，人影亦极短，小儿女之好事者，必无睡以俟当头，临阶取影以验之。”

这一游戏情趣，“小儿女”们在今天的北京难体会，因为光源太多，无处不在，人不太容易与太阳、月亮这些最原初的伙伴们直接交流，中间隔着很多人造的障碍。

想起有年在内蒙古草原，半夜钻出帐篷抽烟，不经意间抬头吓一跳，星星直欲往下砸，久违的老友突然出现，像不认识。

十月十五，还是中国民间传统的一个节日“下元节”。下元节的来历与道教有关。道家学说里有“三官”之说，天官、地官、水官。《太上三官经》里说：“天官赐福，地官赦罪，水官解厄。”《中华风俗志》也有记载：“十月望为下元节，俗传水宫解厄之辰，亦有持斋诵经者。”

在道家看来，一切众生皆由天、地、水官统摄，三官大帝又分别对应着尧、舜、禹。下元水官对应着的，正是因治水而闻名的大禹王。又传说，这三官的诞辰日分别是旧历的正月十五、七月十五、十月十五，因此这三天在道家那里，称为上元节、中元节、下元节。

古人过下元节，有些固定习俗，比如把锡纸折成银锭模样，烧了祭拜先人。百姓家会在这一天做糍粑，赠送亲友。既是与水官大禹有关，遍及各地的大禹庙也当然必有祭祀活动。朝廷也会在这一天格外体现“以民为本”，严禁杀人。真有要杀的，延缓执行日期。此外，下元节这一日，民间工匠还有祭炉神的习俗。炉神即是太上老君。

现代人的节绝不比古人少。传统节日的确有很多没人提了，比如这三元节；但我们多了环境日、植树日、电信日……数不清的节。我有时想，一个普通百姓，一年到头能记住几个节呢？大概超不过十个。那么，古人们那么多节，也都真当节过么？会不会很多也像我们今天一样，真说起来，来历清楚，头头是道，但居家度日，谁都想不起来。

由此想到“节”的问题。民间传统的很多节，大多与神有关，往形而上说，与文化有关，甚至与信仰有关；往现实生活说，就是找个理由朋友相聚、吃点好的。

可节日太多，哪有那么多好吃的，只能将其中某些小节忽略。反之亦然，如果天天都有吃不尽的美食，天天都过节，也就无所谓节不节了。

“节”还有另一层意思。小时候，一个平时读些道家、佛家著作的同学曾向我泄露过一次“天机”：知道吗，“节”也便是“劫”啊，人生有多少“劫”在等着咱们呀！

这么说来，还真是天天都可视作“节”来对待，人从一出生开始，确实是天天缠绕在避苦逐乐的一劫又一劫之中，无以自拔。

冬 至

香港回归前的最后一个冬天，有天我在铜锣湾闲逛，非常纳闷，不明白为何众多店铺大下午的就都关了门。后有明白人指点，那天是冬至，粤港一带，冬至是和春节一样的至大节日，家家户户要吃团圆饭。

古有“冬至如大年”之说，冬至还曾有过“亚岁”的别称，可见地位特殊。

在北京，冬至不算节。至少不算大节。《燕京岁时记》里就说：“（冬至）民间不为节，惟食馄饨而已，与夏至之食面同。故京师谚曰：冬至馄饨，夏至面。”时至今日，连吃馄饨的习俗都少有人知，很多人被问起冬至该吃什么时，回答是犹豫的：呃……饺子？

冬至在南、北方不同的待遇，大约与地理环境有关。冬至太阳直射南回归线，中国大地本是至阴之时。与此同时，物极必反，至阴也就意味着阳气始动，万物开始萌动复苏。这在向来讲究阴阳的中国，是件喜兴事，值得大庆特庆。问题是中国疆土辽阔，所谓“阳气始动”，南方百姓可能有明显感觉，而在北方，冬至只意味着一年最冷阶段的开始，冬至日起开始数九，一九二九不出手，三九四九冰上走。

所以，虽然“百官”会“呈递贺表”庆祝，百姓却“不为节”。百官们知书达理好讲理论，理论上确实阳气始动；百姓呢，只管实实在在身体的感觉，冷暖自知。

冷也有冷的好处。北方虽冷，却可体会到“冰上走”的乐趣。就拿北京来说，北海、后海、颐和园水面都结了厚厚的冰，孩子们在冰面上拖冰床，小伙子、小姑娘在炫耀滑冰技艺，个个如孔雀开屏般向异性展示自己的魅力，那情景，许多南方人羡慕死。

因为至冷，多数时间在屋里“宅”着，便又想出种种玩法。比如“九九消寒图”。

“九九消寒图”是一个游戏。《帝京景物略》里记载：“冬至日人家画素梅一枝，为瓣八十有一，日染一瓣，瓣尽而九九出，则春深矣，曰‘九九消寒图’。”

还有另一种玩法：准备一幅双钩描红书法，上有繁体的“庭前垂柳珍重待春风”九字，每字九画，共八十一画，冬至开始，每天按笔画顺序填充一个笔画，每过一九填充好一个字。九九之后，春回大地，一幅“九九消寒图”大功告成。玩得更细的人，还会将此过程进一步复杂化，填充每天的笔画所用颜色根据当天的天气决定，晴为红，阴为蓝，雨为绿，风为黄，雪为白。

最雅致的“九九消寒图”是作九体对联，每联九字，每字九画，每天在上下联各填一笔。如上联是“春泉垂春柳春染春美”，下联对以“秋院挂秋柿秋送秋香”，称为“九九消寒迎春联”。

“九九消寒图”的游戏，北京至今还有不少老派人在玩。再过几天就是冬至了，这两天，去荣宝斋买宣纸的人渐多，明眼人一看便知，其中有人是在为这游戏作准备。

圣诞

北京过圣诞节的风气，大约兴起于上个世纪八十年代末。从那时起，每到平安夜，西什库教堂、王府井教堂、宣武门教堂里里外外人不少，需警察出动维护秩序。教堂里边诵经祈祷的是教徒，教堂外晃晃荡荡的是赶热闹的。

改革开放让这座城市的外国人骤然增多，同时，人们观念逐渐西化，或者虽然不西化，至少包容西化，不再当做洪水猛兽，就这样，圣诞节慢慢为人们接受。

上世纪九十年代开始，在北京注册的外企数量呈几何级增长，外企高管不少外国人，圣诞节，他们要按祖国规矩放大假。下属员工沾光，也有一两天非明文规定的假期。外国人会趁圣诞大假回国探亲访友，老板不在，下属自然乐得自由放松，北京庆祝圣诞队伍的生力军，就是这些外企职员。

这两年虽然信教者渐多，但与城市总体人口比还是极少数，因此最常见的圣诞节过法，并无多少宗教成分，像其他节日一样，主要内容无非两项：吃和玩。

平安夜，是很多西餐厅一年到头生意最好的一天。一般提前几天就布置好店堂，普通小店到超市买一棵塑料的圣诞树；讲究点的高档餐厅，会去花卉市场买真正的松树，回来自己挂糖果。布置店堂的同时，食材多多备料，谨防生意爆棚。

北京的年轻人，平安夜大餐一般选择在特色西餐厅或大酒店西餐厅。家中老人没有圣诞概念，不会要求子女这天回家，因此这些酒店和西餐厅每逢这天，会将店堂大部分大桌子撤去，空出来的地方全部换成二人情侣座。华灯初上，各大酒店门口灯火辉煌，一派节日景象。

说到玩，大致分三派。最常见的一派，大多是外企年轻白领，在酒店或特色西餐厅吃完饭，再去迪厅、夜店，畅饮蹦迪。第二派年纪相对大些，会选择某一人家做战场，召集亲朋好友，各自准备礼物互相交换，再请个西餐厨子回家，从餐前开胃酒，直至餐后甜点全齐，所谓“轰趴”（home party）。第三派是平日喜动不喜静的一批人，好运动、登山族之类的，他们会选择远郊县的西式农庄，或温泉，引朋唤侣，大队人马齐出动，半郊游半狂欢。当晚留宿，次日回城。

圣诞节，很多大商场衣物开始打折，商场内部也无不精心扮圣诞节相，广播内容也从平日的轻音乐变为圣诞歌曲大连播。平安夜商场的营业时间大多适当延长，这帮了不少单身而又性格内向的年轻人的忙——他们不愿委屈自己非要凑别人的热闹，但又总觉得这天该对自己有点表示，那么逛商场去。细心人会发现，平安夜，情侣同逛互买礼品赠送的，其实是少数，大多数倒是光棍汉。

于我个人而言，平安夜还是另一个特殊日子，一位好朋友正好这天生日。好多年的平安夜，我都在参加他的生日局。寿星佬故意挑些四川火锅、羊蝎子这类纯粹地道的中餐馆相聚，一来座位有保障，二来跟那些庆祝圣诞的年轻人有所区分。近两年，这位朋友岁数大了，越来越不爱过生日。只要他不过生日，无论白天在外多么奔忙，我都会尽早强行收尾，赶紧回家。不等暮色四起，全城大堵车就开始了。

元　旦

“元旦”一词在古时候，是指今天的春节。元是开始之意，按旧历，春节是一年之始。辛亥革命后建立民国，改公元纪年，将公历一月一日叫做“新年”。中华人民共和国建国之后，将这一天改称为“元旦”，成了法定节日。

今年北京的元旦特别冷，天气预报显示，为三十年来同期最低温度。而且，连续两天大到暴雪。清晨起床拉开窗帘，发现平日楼下路边停着的汽车都消失了，变成一个个雪白的面包。印象中，这么大的降雪量也几十年没有了。多亏正值放假，否则全城交通、水电、供暖等民生问题会出多少差错，不堪设想。

下大雪，北京的孩子们喜欢堆雪人。楼前屋后、林间空地，孩子们奔前突后忙活着。浑身上下裹得像个粽子，似乎只露出两只眼睛，黑豆豆一样晶亮纯真。冻得通红的小手在雪白的大地上堆积自己的梦想，那情景不是不感人的。

青年们也不会放过这在雪地上撒点野的机会。北京话中有个词，叫“欻雪”，大意就是在雪地上瞎折腾。具体折腾什么没有定规，胡乱折腾都叫“欻”。青年比孩子的活动半径大，他们一般不满足于在自家附近折腾，他们会去西郊，去山里，香山、八大处、颐和园等。山地因为人迹罕至，更因气温较城里低了两三度，雪不易融，欻起来更带劲。他们三五成群，衣着鲜艳，一团团红色、蓝色、黄色在雪白的大地上跳跃，青春活力洋溢，互相追逐着打雪仗，雪团在风中呼啸而过，迸出流线般的雪粒，在阳光下晶晶闪亮，那情景不是不感人的。

中老年人老胳膊老腿儿，雪天路滑，不敢乱跑，一般就在家里隔着玻璃赏雪景，沏上茶，放上音乐，或者打开电视，享受着休闲家居生活。或者拉家带口儿，带着全家出动，就近找块地方，与大雪合影留念。当然也有活跃的中老年，他们会挤上公共汽车或者地铁，到北海，到天坛，在昔日皇家园林的雪景中，找角度，对焦距，把自己和北京特有的一道风景——红墙、绿瓦、白雪，定格在永久的记忆中，那情景不是不感人的。

想起很多年前，有一年元旦在香山住着开会，夜里和一班热血青年彻夜大酒，争论各种世界观人生观这样的大问题。凌晨时分，有新人闯入房间，抖落一身雪碴子，惊呼道：还这儿臭聊哪，外边漂亮死啦！一班人几乎是你争我抢地夺门而出，一个雪白的香山一览无余，一个人影不见，一只脚印未留，大家当即被这情景震傻了。

而今年，元旦大雪，很想在家闲散，但有必办之事需出门，被迫欻雪。小心翼翼开着车，窗外大雪纷飞，车内温暖如春。先打开CD机，听了一曲《忆故人》，又切换到调频立体声音乐频道，听了一首英国老歌*The Road to Hell*，买了四条烟、二斤酱牛肉、一张烙饼，洗了两张签证照片。一小时后回到家中，泡了壶茶，读了一回《红楼梦》。读书间歇，看看窗外雪白的世界，心里忽然想，生活就这样貌似乱七八糟，又有条不紊地进行着。

年　前

元旦后、春节前的这段日子，一贯被人称做垃圾时间。通常情况下，二者相距只个把月，元旦三天法定假期，春节有七天，两个长假之间，很容易人心惶惶，干不了什么正事，好像一直在期盼、准备、筹划一个辉煌的大日子，心里毛躁躁的。

对于绝大多数平头百姓而言，是垃圾时间；但对某些人来说，正是总结过往、铺展来年事业之关键所在。这些人大致也分正、邪两大类。正的一类，年终总结、述职、决算，以及来年计划、调整、预算……诸多宏观掌控类的事，都在这个时间段进行。邪的一类，为过往的一年催款了债，为新的一年请客送礼。有个朋友，和一个权贵住对门，他说一到这段日子，邻居家门口的礼物堆到水泄不通，而他，因为做着对外联络的生意，送礼本是日常业务，好不容易到了这垃圾时间段，更是不容错过。可是，每天一出自家门，看看自己是拎东西的，对门儿是收东西的，心头无数不平衡忍不住往上蹿。

垃圾时间段，北京的道路最拥挤，不分周末不周末，不管限行不限行，有路必有送礼车。各单位院子里平时懒洋洋停着的车，此刻全被派满活儿，在大街小巷奔波不息。

说来这些也都是人之常情，不奇怪，旧时老北京的这段日子，也是垃圾时间，也有不少人在忙乎这些事，只是那会儿往来送礼、收礼，没有汽车而已，心思一模一样。因此，先别冒失地叫“垃圾时间”，其实垃圾时间的含“金”量最高呢。

不一样的，倒是平头百姓在这段时间的生活内容。

《燕京岁时记》里，记述了老北京人在这段垃圾时间都忙活些什么，从中可以看出，那时候的人们，期盼、准备、筹划的这个过程很有形式感，有一系列规矩、老礼儿可供遵循。

明清之际，逢腊八那天，百姓家家要熬粥，与此同时，雍和宫的喇嘛们也在熬粥供佛。各级衙门开始封印，颁示天下，一体遵行。“每当封印已毕，万骑齐发，前门一带，拥挤非常，园馆居楼，均无隙地矣。”衙门封了印，各大戏园也要暂时封台，只等春节那天开始，再重打锣鼓另开张。

再往下，该学生娃们高兴了，衙门封印后，各大私塾学堂也开始放假，憋屈了一年的孩子们迎来一年当中最自由散漫的日子。腊月二十三，小年到了，家家户户要准备南糖、关东糖、糖饼及清水草豆，祭灶。南糖用来祀神，清水草豆者用来祀神马。“祭毕之后，将神像揭下，与千张、元宝等一并焚之，至除夕接神时，再行供奉，是日鞭炮极多，俗谓之小年下”……就这样一步一个脚印，忙碌而有序地一阵紧锣密鼓，从容不迫地来到年根之下。

现在的北京老百姓，虽说这段垃圾时间也兴奋，也期盼，但是往往都在心里东一榔头西一棒槌地瞎兴奋，瞎期盼，完全没有什么形式感的兴奋、期盼，其实没多大乐趣。

糖炒栗子烤白薯

时下报刊的健康栏目里，无不大力提倡吃“应季”果蔬。当然没错。我从中却想到，这也反过来证明，现在不应季的蔬菜水果到处买得到。

也是啊，种植方面有塑料大棚，棚内四季如春；运输方面有飞机，不要说岭南的荔枝再送长安城不必劳民伤财，就算非洲的水果运到北京，也不费什么事，贵不到哪里去。冰箱成了家庭必备用品，三伏天想吃冰糖葫芦只是小菜一碟。至少从吃食这个角度考量，一年四季的界限越来越模糊了。

早年间不用任何人提醒，大家都吃应季东西。想不应季也不行。就说眼下这季节的零食吧，《燕京岁时记》里说：“京师食品亦有关于时令，十月以后，则有栗子、白薯等物。栗子来时用黑砂炒熟，甘美异常，青灯诵读之余，剥而食之，颇有味外之味。”

糖炒栗子至今仍是北京人初冬时节的挚爱，很多商场一到冬天，都在门口一隅支起小摊儿，一口大铁锅里满满的黑砂，黄油油的栗子在里边翻滚，边炒边卖，热乎的。年轻貌美的北京姑娘，穿着鲜艳的羽绒服，围着大围巾，伫立摊前尝栗子，一口京腔随时点评着，直叫人依稀回到老舍、梁实秋时代的北平。

现在北京卖炒货生意最好的店，当属地安门路口西南角的“秋栗香”，一年四季，什么时候路过，都排着一长溜队，炒花生、炒瓜子、炒榛子……这个时节，主卖糖炒栗子。很多地方的栗子傻大傻大的，瞧着唬人，一下嘴，滋味寡淡，满不是那么回事儿。“秋栗香”的选材讲究，品种始终如一，是传统的那种小小的，个头儿都差不多，像用筛子筛过。炒好的栗子，干湿度恰到好处，外壳易剥，入口又甜又面又香，趁热吃上一小纸袋，唇齿留香，吃完手还一点不脏，根本不用青灯诵读，照样尝到“味外之味”。

与糖炒栗子地位相仿，这季节还有另一样零食，从古至今长盛不衰——烤白薯。

还是《燕京岁时记》，“白薯贫富皆嗜，不假扶持，用火煨熟，自然甘美，较之山药、芋头尤足济世，可方为朴实有用之材。”

我上中学时，校舍是明朝奸相严嵩女婿的旧宅院，老式平房，到冬天，教室必须生炉取暖。我们上学时经常书包里揣俩白薯，早自习前扔进炉膛。一般上到第二节课，白薯香气四溢，老师讲课都不免分神儿。课间操前，从炉膛里扒出外焦里嫩的白薯，吃上两口，肚里有食儿，全身由里到外热腾腾，再去做操，四肢伸展。

现在烤白薯的摊贩仍然四处可见，游商居多，废弃的汽油桶改造成临时烤炉，骑个三轮，随便找个地儿一支，现烤现卖。城管一来四下逃窜。前几天刚听说，有记者暗访烤白薯族，发现他们用的汽油桶大多未经专业消毒，很容易残留致癌的化学物质。一时间，游商的汽油桶前门可罗雀，“地瓜坊”的生意却迅猛攀升。

地瓜坊是这两年新出现的连锁小店。一般在东四、新街口这样的传统闹市区，挤出十来平米的地盘，专营烤白薯类零食。店员热情，店面干净，器具专业，火候恰当，生意越来越好。

《燕京岁时记》中，和烤白薯、糖炒栗子一并提及的初冬零食，还有南糖、萨其马、芙蓉糕，这几样东西逐渐被现代人冷落，虽然还有，辉煌不再，原因大概是太甜了。现代人怕甜——反过来想，证明现在人太不缺糖分了，而我们小时候，能吃块糖，多美的事。

懦弱一派的茶道

昔日一起在北京夜里呼啸而聚的老愤青们，因为人至中年，精力气质各不同，渐渐裂变，粗略可以归纳为“茶派”和“酒派”。

酒派常要挑战，要搏杀。战什么杀什么却又各自不同，有的要挑战世俗，有的要搏杀高雅，还有的单单瞄准日趋老化的身体。喝酒，并且是大酒，甚至是兜里揣着降压药的大酒，是这场挑战、搏杀的形式。

相对酒派的激进，茶派是温和的，心平气和，很少动怒，对自己内心的投入远远大于对外界纷杂世事的关注。当然，以酒派看来，这不是什么温和，这叫逆来顺受，分明就是懦弱。我就不幸被划归懦弱一派。

懦弱一派中有人在望京开了家茶人道馆。是一座商品楼盘的底商，楼下是老板娘开的东南亚风情服装店，曲折上了二楼，是一片玩家的舒适天地。

绕过一个自己砌的小花坛，几个铁架上随意摆着各类普洱茶饼，标示了小店的主题。和一般茶馆不同的是，店里的玩意儿特别多，小玻璃展柜里，有店主收藏的纸扇、不同朝代的茶具，全是文物。墙上挂的物件儿也均非俗物，郑孝胥的对联、陈少梅的工笔。沿墙地上一溜排开砖红色的南丰泥炉，土气但有风韵；墙角斜插着一柄日本武士刀，价值不菲。正对着楼梯口，是一个美术课上常见的米开朗其罗的石膏雕像，不过头上被戴上一顶军帽，微张的双唇间，被逗闷子插了一支中南海点儿八。

这些东西不光是摆设，它们是茶人道馆的灵魂。店主不光喜欢这些，而且是真懂。我们一落座，不用逗，他就自然开讲，每件小玩意儿背后都有故事，比如陈少梅的那幅工笔，是他天蒙蒙亮的时候去逛潘家园，从一堆废纸里淘换出来一张皱了吧唧的废纸。生怕卖主回过味儿来反悔，抱头鼠窜奔了荣宝斋，裱好一看——噫！对了对了，没走眼。

店主是个颇具北京风味的玩家，满族，祖上做过清朝大官，不过他懒得说这个，说那都是瞎掰。他本人早年毕业于中央戏剧学院，曾经掺和过最早一批小剧场话剧。后去一家著名影视公司做事，专门和各式明星打交道。大概是喜欢茶，也可能是天性懒得搏杀，渐渐从职场退隐了，日日浸淫在这个小店，玩得不亦乐乎。不过你说人家不搏杀吧，人可是拿了日本剑道五段证书的，那把武士刀不纯是个摆设。

茶馆开着，生意做归做，顶级好茶老没机会显摆，因为实在忒贵了，七八百一泡的“小黄印”、六堡黑茶，真少人问津。怎么办呢？没关系，自有懦弱一派来捧场。隔三差五，亲朋好友纷至沓来，泥炉烧水，白银的茶托、清早期的壶碗一一精心伺候，一口几十年前的陈茶，在七八张嘴里呼噜呼噜乱响一气时，天南海北，花鸟鱼虫，嘴里可就没边没沿儿了：上回那个明式炭盆怎不见了？新拿这鸟笼子有吗讲究……腐朽得一塌糊涂。夜深人静之时，楼板踩得嗵嗵响，依依惜别。想起来就留点茶资，也有忽略的时候，那就活该店主穷忙活了，好在人家也不在意，日子悠悠的长着呢。

日子过成这样，被人说成懦弱我也甘愿。何况在我看来，讨论酒派茶派孰是孰非没有意义，眼下的社会，好比三九月乱穿衣，还好比海子的诗，烈士和小丑走在同一条道上，你把酒派说成是烈士，让茶派当小丑显然不公，反之亦然。不如共存同一蓝天下，各讨各的乐趣，共同构建和谐社会。

寺庙生活

在阿坝的大藏寺住了几天。每天早晨被庙里的锣声敲醒。和尚上殿念经了，我们也不好意思再睡。没自来水，到厨房大缸里舀一瓢水洗漱。水来之不易，所以大家全都用得抠抠唆唆，很多男的干脆自觉放弃这一项。洗澡当然就更别想，况且压根儿没澡堂，男女都一样。大家越来越黑，高原紫外线强，但也不排除疏于洗漱这一原因。

然后是解决体内垃圾。厕所是一间看得见风景的竹楼，悬空十几米搭在房间的侧墙上，八百里蓝天白云奔来眼底，排泄物坠地的声音很悠远，仿佛来自另一世界。

这些每日必做功课一完，便没什么事可干了。无网上，无街逛，无报看，无电视，无DVD，无电话，手机也没信号。这些平素时刻不离身的玩意儿，突然消失殆尽，一时有点不知所措。

可以去绕寺，寺庙的围墙边，转经筒一字排开，边转边念经，积功德的大好事。一圈绕下来虽然只要一小时，但是海拔三千八的高原，地势又凹凸有致，很多人深一脚浅一脚绕完一圈就瘫倒在地，改寻别的法子积功德，比如绕殿。

庙里的护法殿据说很神奇，也是积功德的好去处。而且一圈绕下来，只一百多米。很多人想着容易，便痛痛快快答应了师父的要求——驻寺一周时间，绕完五百圈。可是，想象是一回事，真做起来又是另一回事。七八十个虔诚的佛教徒，最后只有不到十个人诺言兑现。

还有人跑去大殿，随和尚们念经；还有人随便找块空地坐着，默默做自己的修行功课；还有人漫山遍野地撅着屁股搞摄影创作；还有人静静伫立在仁波切住所门口，等候言传身教。有人高山反应，就有佛友从行囊中变出一套银针，照准百会穴就下手，病者头顶银针照吃照睡，像个天线宝宝；有人脚扭了，又有专业按摩师佛友挺身而出，不消几下推拿，病者健步如飞……六百年历史的大藏寺，因为道路崎岖外加未开发旅游，所以一直宛若在沉睡，这几天人声鼎沸。

晚饭后到睡觉前，是一天中最热闹的时段。热爱喝茶的佛友齐聚厨房，生火烧水，比拼各自带来的珍藏好茶。

边喝边拼八卦，别看都是佛教主题，照样惊心动魄、神秘曲折。聊到兴处，一位大姐“啪”地猛击掌，手掌摊开，一只硕大的花脚蚊子魂已归西。众人正在发愣当口，大姐豪爽的声音在厨房荡起：你们都不敢打吧！众人这才回过味来，纷纷念经超度蚊子兄弟，同时想起，在座只有大姐一个人不是佛教徒。

下山前一晚，一位同行的姑娘抚摸着盖了几天的棉被，遥想历年跋山涉水赶来庙里的前辈们，不禁感慨：我这被子睡过多少人哪！这话被大姐当场逮到语病：你这辈子够丰富的！那天晚上，大姐也语出惊人，她望着窗外满天繁星自言自语：到了成都，我要一头扎进锦江饭店，洗澡！

从前有座山，山里有个庙，庙里果然有老和尚讲故事，不过故事是讲给小和尚们的，我们这些俗人无缘听，好在我们有我们的故事要讲，我们在庙里的这些事，发生了就变成了故事。

北京的冬天

生活好了，不少人日子过得像候鸟，夏季在北方，冬季就南飞。

南方冬天暖和，北方夏天凉快，不过这是在讲绝对气温，说到生活惬意，还得说是北京。这个冬天，朋友当中好几个香港人都选择在北京过冬，按他们话讲，香港冬天太难熬了，北京虽然冷，但处处有暖气，还是北京冬天好过些。

我生在南方，幼年在江苏度过。成年之后虽然定居北京，但分别在上海和香港都待过整个冬季，对南方的冬天有点发言权，确实北京的冬天过得舒坦些。长江以南，屋里没暖气，固然有空调，但空调的热风好像成心要和人作对，往往叫人更不舒服。一是太燥，本来南方以湿润见长，空调热风一吹，屋里恨不得比北方还干燥，令人狂躁不安；二是冷气重，热气轻，所以热风吹半天，脑袋上都冒汗珠子了，脚底下还一片冰凉，那滋味真叫人绝望。每天晚上钻进被窝，都要鼓足勇气，因为被子里又湿又冷。一夜无话，第二天起床，要离开被窝又要咬紧牙关。

北京的冬天呢，屋里温暖如春，供暖好的小区，在家里只穿长袖T恤足够，四肢伸展自如。要出门，尽量厚的外套一罩，不必考虑任何美观问题，反正到了下一站，不管是走亲访友，还是逛商场吃大餐，甭管哪儿，一进门都有充足的暖气，外套必须脱。睡觉起床都动若脱兔，不必经受任何考验。也正因此，一到冬天，北京人的着装习惯，与南方人差异甚大。南方人喜欢穿得里三层外三层，便于随时增减；北京人里一层外一层，别提多痛快了。北京人老嫌南方人做事磨叽，啰哩吧嗦，没个痛快劲儿，是不是跟这些事儿有点关系？

说到绝对气温，北京的冬天还真呈现一副越来越暖的趋势。小时候的冬天，学校离家近，每天走路上学。途中需横穿长安街，那时人行横道还没有红绿灯，随时皆可穿行，只需牢记先看左，后看右的原则。左右的分界点，是人行横道中间的“安全岛”——两片弧形的黄色水泥墩子，在马路中间隔出一小块安全地带，行人可以在此驻足等待。印象特别深的一个景象是，在安全岛等待通过时，看着身前身后驶过的汽车排气管排出的尾气，因为天气冷，都呈圆柱形，在长安街两边的红墙映衬之下，显得格外好看。现在呢，一整个冬天，能有一两天得见这种景象不错了。

那会儿的北京大烟囱也多，冒出来的烟，也都是大圆柱。从我家阳台向南远眺，正好可见天坛的祈年殿，不过我们之间，还竖着一根四五十米的大烟囱，一到冬天，随时会有烟柱喷薄而出，像那句徐志摩的诗：浓得化不开。

扯远了，还是回过头来说在哪里过冬天。上边所言，当然都是从一般意义上来讲，真有人闹性格，非要特立独行，则又当别论。曾经听到两个人争论，到底北京的冬天好，还是南方的冬天好。甲曰：当然南方冬天好啊，树都绿着，草都青着，河水都流着，多有生机啊！乙反驳道：那多俗气啊！我就喜欢凛冽的朔风吹在脸上像小刀，我就喜欢河水冰冻三尺，我就喜欢树都光秃秃的，太有范儿了。

雪中断想

都正月底了，节气已经过了雨水，北京下了今冬头场雪。

少年读书时，有剧社同学自编自导了个话剧，叫《那年冬天没有雪》。当时念着顺口，觉得挺忧郁，挺美；今天回想起来，在北京住了三十年，还没哪个冬天没下过雪呢。那样一个剧名，明摆着的强说愁，全靠臆想制造文艺境界；而如今，真的一冬无雪，也没怎么。

不过雪真的下起来，满世界都白了，还是挺兴奋的。早晨起床上了网，打开MSN，一堆人的签名都在抒发对雪的描述与感想。饶有兴趣地通览一过，大多平淡无奇，并无好句子出现。由此又回想起，前两年有个雪天，女作家尹丽川在博客上写了句话：下雪了，北京就变成了北平。

写得真是好。

阴晴雨雪雹雷电……这些都是天气征象之一种。阴天、晴天最多，所以大家比较容易忽略。还拿MSN的签名来说事儿吧，抒发对阴天、晴天的感想不是没有，比较少见。越不常见的气象，越容易牵动人心，所以一下雪，有这么多人在议论，甚至，我还在这儿写这篇文章。这也是人类感知本能的特点之一，越通常的事，越容易被忽略。

看过一个科普电视片，说人的大脑每秒钟大约可以处理几十“G”的信息，但通常被意识到的，大约只有几十“K”。下雪大概就属于这几十K的范围，而无数个阴天晴天，都埋在那庞大的几十G里。

日常生活中，我们的注意力习惯于聚焦在某一个点上，一件物品，一个心思，等等。一旦双目失焦，注意力就会涣散，显得呆若木鸡。奇怪的是，恰恰是如此呆若木鸡时，才容易眼观六路，耳听八方。比如当你在电脑上写作，盯着屏幕按照自己思路洋洋洒洒时，注意力全在屏幕这一方寸之间；一旦思路阻塞，一时不知从何下手，就会发呆，此时窗外的汽车驶过的声音，很远处的工厂传来的声音，都会被发觉。屏幕间的方寸天地，就属于那几十K范围，而那些汽车、工厂的声音，就是那银河系一般的几十G里的一星一点。

当然，做事情要注意力集中，为一棵树放弃整片森林这样的情况，是最通常的情形。我说这些，并非主张为了贪那几十G，就不重视那几十K，只是如果能明白这一点，可能会变得聪明懂事一些。比如不要因为自己没有见过，就简单粗暴地断定什么事情不可能；不要因为看到日历上春天已来临，就断定这个冬天没有雪。

踏荒记

上周一开始，友人老潘就张罗周末去踏青。一周过完，未遂。并非无人响应，而是老潘只畅想了两天，自周三起就断了音信。

我媳妇的博客链接上，老潘叫“慢慢来”。老牛的博客链接上，老潘叫“忙活着的慢人”，慢慢来是她一贯风格，大家习以为常，过后问都懒得问。

不料想，又到周末，竟真的组织成了。

早上九点，老潘群发短信，号令准备出发。短信发出后，她也明白，这群人都还在爪哇国呢，至少三四个小时之后，才会陆续看到短信，于是又扑回松软大床，睡了个回笼觉。

约定的集合时间，是下午一点。大家自动打出老潘

“慢”的富余，近两点了，分头抵达约定的地点——丽都饭店附近一家意大利餐厅。又一个不料想，老潘居然已经坐那儿吃完一盘沙拉。老潘偶尔露峥嵘，直叫我们人人为晚到而内疚。

按老潘预先设计，先在这儿“垫点儿肚子”。可是怎么可能?！这是一群多爱吃的人哪，见了美食就走不动道。于是迅速演变成大餐。三点半，一行五人恋恋不舍地离开餐厅，集中到一辆车里坐下，肚子都有点撅，坐姿不标准。

我做司机，依大家抉择，选了京承高速一路向北。十分钟过后，四种音调的呼噜声萦绕在车厢内。又奔袭了十余公里，老潘在后座睁开惺忪睡眼问：到底去哪儿呢？哪个出口出去呢？其他人也纷纷醒来，东一言西一语，谁也没个准主意。有说索性承德的，有说南山的，有说掉头大觉寺的，更有颠覆性的建议是：回丽都饭店再吃点什么吧。说完纷纷又睡了。

后来是从密云出口出的，一路向山里开。走到水库边，找了个有公厕的开阔地停车，各自下车方便。我肚里没货，溜达到路边俯瞰水库。想起头一次来，还是上初一，班干部组织夏令营，我们坐在高高的大坝上，听辅导员讲那过去的事情，就在夏夜的凉风中，轻声合唱起“我们坐在高高的谷堆旁”。

水库边立了一块碑，是这么介绍的：密云水库是北京人“引”用水的源头。错别字吧？再一琢磨，北京城的饮用水确实“引”自密云水库，也对。

继续前进。进了山，树还枯着，草完全黄色，树上拴着的驴都不爱叫。老赵突然爆出一句：什么踏青呀，我看咱们这是踏荒！经她这一嚷，众人顿时扫了兴，决定就此折返。

折返前，去一个路边饭馆，要了壶花茶。喝茶看窗外枯树。天都要黑了。老赵东张西望，眼神儿定不住，又发现屋顶一角，趴着一百多只臭大姐。

这次踏荒的High点，直到回程才到来，我们顺路考察了一家房地产项目。别墅区，全部只有五十多户，两河交界自然形成的夹角，三面环水。中间还有个小岛，设计中有直升机坪。标价一亿。

听完售楼小姐介绍，大家面面相觑，分头为囊中羞涩而悔恨。不过且慢，突然大家的眼睛又都亮了——我们不约而同地想到了共同的朋友石康。自打他创作的电视剧《奋斗》火了以后，石康就放出话了，要在不久的将来迅速致富，京郊买块地，盖个养老院，把我们这伙人的晚年给包了。

就它了！我们把这岛定了性—— 奋斗岛。让老康帮咱买喽！有的是钱！直升机也来一架，就命名为“奋斗”号！

春之絮

有一首歌曲被广为传唱，名叫“小桃红”，满心欢喜地描绘春景，头一句唱道：“又是一年春来到，柳絮满天飘”，下边才陆续唱到桃花、榆钱儿、黄鹂这些。

的确，至少对生活在北京的人而言，因为地处较高纬度，所以湖面融冰，土壤松动，甚至树梢泛出光晕般一层绿芽儿，这些都不意味着春天的真正到来；只有杨絮、柳絮漫天飞舞了，棉衣才敢真正脱了洗了，收到箱子里。

杨絮、柳絮这些春之絮，既因带来春天气息招人怜爱，又因四处乱飘，直往人鼻孔里钻而招人厌烦。碰上像我这样本来就有点花粉过敏，一到这季节鼻子便不舒服，喷嚏接二连三的人，见到春之絮，更是不啻鬼魅现前。

小时候可不烦它们，那时候正长身体，处在上升期，有股天不怕地不怕的劲头，这点玩意儿对鼻子、嘴巴、呼吸道形不成任何威胁，只顾着满树窠儿探寻卷成一团的絮絮，火柴一点，呲溜一声，一个火球瞬间灰飞烟灭，情景喜人，乐此不疲。

如今身体各项机能都在走下坡路，越来越娇气，柔弱成那样的絮絮，居然能让我生起畏惧之心。

古往今来，描绘春之絮的诗文很多，印象较深的，有《世说新语》里一个段子——

某日天寒下雪，东晋名臣谢安（就是那个著名的谢太傅）兴致勃勃地与晚辈们一起，谈文学论写作，他问道：这大雪纷飞，你们用什么来做比拟呢？侄子说：雪落沙沙作响，宛若天空往下撒盐哪。侄女却说：倒像春风吹得柳絮满天飞呀。老头儿听了大乐。

后人钟叔河曾经分析谢老头儿为什么大乐——以撒盐比下雪子，以飞絮比下雪花，本来都很形象，无分优劣；不过从文学描写的角度看，空中撒盐断难为真，风吹柳花则是常景，而这种似花还似非花的东西，作为春天的标志，又特别能使人联想到春的温馨和情思，所以更具亲和力。

关于春之絮最新的段子，是昨天从电台节目中得知的，园林局在有关专家支持下，研发出了一种药水，注射进杨树，便可抑制杨絮的生长。

杨絮说白了，就是杨树的种子。春天，杨树的果实成熟开裂，种子便选择风力作为传媒，在空中飘来荡去，寻找适合的生长地落脚。如此看来，这种新研发的药水，其实功能等于避孕药。也正因此，电台主持人后来就直接问受访的专家：那咱们何时给它们节育呢？

想想好可怜，这些树生在这个钢筋水泥搭起的城市，本来就难找一块土壤落脚，如今又因惹毛了人类，要被集体骟掉了。

远近大小

年前，北京六环路全线贯通。

三十年前，刚上初中的我随父母迁居北京，第一个住所在二环路边。那一年二环刚刚修好，有一趟44路公交车环路行驶。好几次放学早，偏又忘了带家门钥匙，就随便跳上一辆44路车，作绕城游。纯为耗时间，兜里揣着学生月票，镚子儿不花。

三环路即将竣工时，我上了大学，学校在三环路边，同学少年，意气风发，一点大的破事儿一激动，会在半夜骑上自行车，沿三环路把车骑到几欲飞翔，脱把，伴以鬼哭狼嚎，靠撒野平息心中苦闷。

四环路贯通的时候，我已工作好几年了。那段时间，正是青壮年的交界点，身边朋友“大换血”，靠曾经同窗共读支撑的情义越来越淡，取而代之的，是一些志趣相投的各路老中青，当然同龄人为主。

再后来的五环、六环何时开工，进展状况，就都不太注意了，因为人生步入养家糊口的最忙碌时期，眼面前的事儿还忙不过来呢，环城公路虽属大事，关系毕竟疏离，被忽略是正常的。

四环路阶段，所谓志趣相投，投的什么呢？是一些对文、史、哲的兴趣爱好，对写作的爱好。周边渐渐聚集起一批作家朋友，不时在一起大酒欢聚。酒酣耳热之际，不时会畅想未来，等我们老了如何如何。

那时大家住所都相距不远，你东城，我西城，我二环，你三环而已，但已经在操心，真有走不动的那天，相隔遥远，如何相聚；既无相聚，还怎么交流读书写作的心得。于是有人当场立下雄心壮志，苦干十年，争取为大家造一座养老院。远郊县的山区找块地，篱笆围个院子，盖几间大瓦房，各守一屋。配套设施一应俱全，厨房、餐厅、台球室、电影厅。当院安个大喇叭，到饭点儿，雇来的伙头儿用它宣布开饭。平日各自读书创作，每隔一段时间，挑个天气晴朗的好日子，各自沐浴更衣，戴好假牙，纷纷将近期成果收拾停当，比如写好读书心得，装订好创作的稿纸，用小推车推到院当间集合，温壶酒，泡好茶，交换批改作业。

您也看出来了，这类畅想明显是臭贫烂逗，肯定不是真的担忧老之冉冉将至，不过是借说老，反衬出实际年轻的身与心。

殊不知想着想着，真的进入中年了。养老院虽未修成，但随着社会发展，各自富裕，都纷纷搬了家，到郊区置了自家的宅院。这回可真的相距遥远了，你昌平，他大兴；他通县，你西山。奇怪的是，心理上的远近感受倒没多剧烈。也是啊，马路越修越宽阔便捷，交通工具也都变成了轿车，何况这座城市已无限扩大，大到这程度，照样条条道路堵得水泄不通，再偏远的地方，也都形同市中心。人们住的房子越来越大，但好像嫌自家房子不够住的人反而越来越多。原来给北大的同学写信，信封上要写“本市西郊北京大学”，现在北大成了闹市区之一。你说这座城市到底大了还是小了？你说人们间的距离到底远了还是近了？

想到这里突然意识到，这座城市的几条环路，倒像我们生命的一圈圈年轮，我们于其间行走，由少年到中年，仿佛由小到大。由城区到郊区，仿佛由近到远。可都是仿佛而已，说到底，所谓大小远近，都是一刹那内心跃现的幻象而已。

鬼 屋

搬家公司的车终于到了。林妈妈在胡同口等了小半个时辰。不等不行，她家的这条胡同，在横平竖直的北京是个异类，进胡同得拐三四个弯，才能开进她们大院，没熟人带，再精明的司机也犯迷糊。

这是个苏式建筑大院，历史悠久，满目沧桑，大地震那年搭起来的简易棚子还留着呢，搬家公司的车开在院儿里，东躲西让的，像在驾校钻杆儿考试，司机心里这一通怨。

一小时后，最后一件红木大柜被两个工人协力驮出，林妈妈锁好房门，拍着手上的灰尘，下楼来到车前，深情回望住了三年多的这幢老楼——自打老伴去世，林妈妈就把分配给他们家的部长小院儿还给公家了，孑身一人搬到这座老楼。这次老伴单位盖了新房，他那些老部下都挺照顾她，无论老太太如何谦让，非请她乔迁新居不可。他们说了，让她住在这么旧的房子里，老领导地下有知，饶不了他们。

“这回真走喽！常回来看看啊！别忘了老街坊们啊！”搬家车开到大院传达室门口，门卫李大爷亲切招呼。林妈妈下车，往他手上塞了瓶汾酒。还是三年前一个朋友拜年送的，一直扔阳台上。这次收拾东西才捞出来，想到老李头好这口儿，当时就准备下了。

李大爷果然乐开了怀，反复摩挲着瓶身上已经灰暗的标签，赞叹不已。大概想到无功不受禄吧，或者是来而不往非礼也，正当林妈妈想坐回车上时，他一把扯过林妈妈，颇带几分神秘地小声说：“您这也走了，有个事儿，想跟您打听一下……”

林妈妈只得站住了问：“什么事儿？”

“这些年，您楼下那邻居是不是半夜麻烦过您？”

“是啊！还说呢，找上来好多回，老说我们家半夜有人滚什么球的动静，老李您知道呀，我一孤寡老太太，每天看完电视剧不过九点来钟就睡了，能有什么动静啊！”

“……嗯。那，她没为难您什么吧？”

“那倒没，我一解释，她也就不说什么了。小姑娘，长得挺好看，白白净净的，一头披肩发，倍儿黑。”

李大爷听到这里长叹了一口气："对了，这就对了！"

林妈妈被他说愣了："什么就对了呀！她是不说什么，可过些天照样来！老是大半夜的把我敲醒。后来我琢磨着，是不是水管子太老，半夜出怪声儿啊，还专门找人来查过，也啥都没查出来！真是出鬼了！"

李大爷听到此，双目炯炯地盯着林妈妈，不说话，只是点头。

林妈妈本来没怎么着，看他这表情倒突然吓一跳："莫非……我那屋子，是个鬼屋？"

林妈妈说到这里，后脊梁一阵凉。

李大爷自己心里本来也有点二乎，此刻又被林妈妈的神情感染，眼里露出惊惧的神色。最后，他附在林妈妈耳边说："您那屋子倒没事儿，不过问题出在您楼下那邻居——那套房子已经好几年没人住过了。"

金　毛

傍晚时分，社区的小广场是孩子们的天下。大点的孩子奔跑跳跃，滑轮滑踢足球；小不点儿们在大人逗弄下牙牙学语，或是由家长搀扶着蹒跚学步；更小些的娃娃们，笑眯眯地坐在婴儿车里，东张西望，尽情享受春光。

不光这些，其实还有另一些“孩子”——那些憋在屋里闷了一天的小狗。在外奔忙了一天的“家长们”一到家，它们就猴急地上蹿下跳，焦急的眼神里，是一纸诚挚的申请书，几个大字直抒胸臆：出去玩玩嘛！

小狗能和孩子们一样，不必偷偷摸摸当“黑户”、大摇大摆地在社区广场这样的公共场合亮相，也只是这几年的事。

早十来年，北京出台针对养犬的法规，主旨归结为一句话，就是“严格限制”。手段五花八门，比如光是养犬人首付的管理费，就高达五千元。

这种情况后来得以改善，2003年，北京市修改了旧有法规，删除“严格限制”一类霸道字眼。还记得当时有关政府机构解读新法规时，有句话叫：新规定的一个重大变化，是把“政府管狗的权力”下放给了基层群众自治组织。

每当看到那些小狗自由自在地玩耍时，都会想起“金毛”。

两年多前，和几个朋友去L家串门，头一次见到金毛。是那种大狗，特别神气好看。按L的话说：特有狗样儿，原来小人儿书里画的狗就这样儿。

金毛特别活泼，不认生，逮谁扑谁。初次见我，蹿到跟前儿，站起来，一副要和我面对面交流的架势。

L说，它才四个多月大，相当于人的六七岁。确实像个小孩儿，那种好性格的外国小男孩。满眼的好奇，见什么都新鲜，上去拱拱。

它不太听话的时候，L罚它去卫生间待着。上前拽它的时候，金毛心里全明白，就全身绷紧赖在原地，表示自己想和大家一起玩。可是“家长”决定已下，不容更改，小金毛最后是像墩布一样被拖进去的。

那天的聚会散场时，金毛站在门口，一副不舍得大家走的样子。L说，它的眼神很像在跟大家说：再来玩啊，来玩啊！有了L的引导，再看金毛，L的话真的好似在给金毛配音。

大家都喜欢金毛，再聚会时，都叮嘱L一定要带上它。一来二去，金毛和大家玩得熟络得不得了。有次在一人家打麻将，金毛头一次到这家串门儿，异常兴奋，满屋乱踅摸，像得了多动症。高兴得牙痒痒吧，居然情急之下，把朋友家的楼梯咬得漆色全掉，露出了白木碴儿。

被“家长”暴训一顿，金毛马上乖乖听话，让干吗干吗。最喜欢吃的苹果伸到嘴面前，都不带上前咬的，得等“家长”一声令下，才张嘴。

金毛的活泼可爱很有感染力，我们一班人中，有一位因为曾遭狗咬，落下病根儿，特别怕狗。可是和金毛熟悉了片刻工夫，居然在牌桌边上和金毛嬉戏上了。

到底是“小孩”，疯玩一会儿就睡了，熟睡中偶尔会抬一下屁股，紧接着满屋一阵恶臭。金毛放屁实在太臭了。

金毛一岁半时，L因工作太忙顾不过来，把它送给了别人。从那以后，再也没见过它了。

两地故宫

几十年赖在台湾不挪窝儿的李敖近日来京，“神州文化之旅”的第一天，就去了故宫博物院。记者问他，北京的故宫和台北的比怎么样，答曰：台北那个是假的，北京的故宫是真的。李敖向来有语不惊人死不休之习，他对两地故宫如此评价，虽然也算点到要害，但仍然应作语气大于内容观。

去过两地故宫的人，心里自会有些比较，倒真不是一两句话能说得清，因为这个比较里头，有不少酸楚——明明一家人，偏被逼得妻离子散。不过这个话题再往下说，我也并无新意可讲，不如讲几点直接观感。

大陆因为地大物博，传统建筑多向平面发展。随便一个寺庙都有豁大的院子。单从占地面积上比，台北故宫简直寒碜死了。台湾是个岛，土地面积有限，所以什么都往空中发展。幼时曾经听说台湾有个闻名遐迩的寺庙，脑袋瓜里对其生出过许多庄严美妙的想象，亲至实地才发现，与想象中大相径庭，那寺庙竟是一幢二十几层的高楼。同样的道理，台北的“故宫”也是一座楼，依山而建，据称后边的山洞即是“故宫”的仓库。

我因迷恋这些文物，在台北逗留期间，连着两天上山进宫。正准备去第三趟的时候，接待方打击我，说你别指望看全了，整个台北“故宫”的藏品，在楼里展出的，不过N分之一。每隔一段时间，楼里的展品会逐步轮换，而山洞里的藏品若想全部更新一轮，需要的时间是N年。所以喜爱文物的人，身在台北是幸福的，因为永远有期待，有足够的理由可以一而再再而三地去“故宫”。

北京的故宫在展品上就不太注意更换。我上初中的时候跟一位老先生学写字，老头常常挑个周末，带我们去故宫的书画馆现场鉴赏。到我大学毕业后七八年，再去书画馆，还是那些字画挂着，甚至觉得旁边看门的职员都还眼熟，只是鬓角开始见白。虽然也偶尔见到报道，说又有从未面世的××于××时间展出，但是总嫌零敲碎打，形不成规模。

在台北逛台北“故宫”，腿脚不累，却很费眼睛。因为展品多，而且精细的小件居多，比如玉器、瓷器、青铜器、字画等，件件都是精品中的精品，生怕眼睛漏掉一个角落。

虽然展馆设计也非常精细，每一处灯光，每一处坐卧停留，都布置得恰到好处，但在那楼里逛上一天，眼睛还是会有点吃不消。

北京故宫大气舒展，什么都一目了然。什么灯不灯的，根本不必在乎。东西足够大，用不着那么细了吧唧的。只是有点费腿脚，前三殿、后三殿，东路、西路，光走一遍就累个半死。更何况，粗犷得也确实有点过分，基本不太考虑游人的坐卧停留问题。赶上烈日直射的炎炎盛夏，如果逛前三殿，因为客观环境一棵树没有，只好站着挨晒。

拿文物来打比方的话，台北“故宫”很有点明清风格，贵在精细；而北京故宫则颇具汉唐风采，走的是粗犷浑厚的路线。

如今全球都是市场经济的天下，藏品的陈列与更换，灯光展厅、休息场所的设置，说到底，都需要用钱。两地故宫财力的投入有差异，所以会有种种优劣之分，想来也属正常。何况从心理角度讲，远香近臭，越是远离身边的，越是在意。北京的故宫守着宗庙社稷，所以大大咧咧；台北“故宫”多年漂泊在外，因此更会加倍呵护，这也都是人之常情。

回过来说李敖的断语，大可不必于真假上面做太多文章，宫殿也好，玉器字画也罢，我相信它们都是有灵性的，果真是情同手足，即使天涯海角，也会心心相印。

第三辑

零碎的欢颜

《欢颜》是我看的第一部台湾电影，时间是上世纪八十年代初某个夜晚，地点是北京小西天电影资料馆大放映厅。故事讲的什么现在忘得差不多了，记下的是故事外的零零碎碎。

老唐大我十岁，当时在中央工艺美院读书，留着“叔叔阿姨头”。上点儿年纪的人应该还记得这个词，意思是蓄长发，小孩子看了分不清该叫叔叔还是阿姨，因而得名。学艺术的都好要个范儿，尤其是在校艺术生。和现在好要内心孤独范儿不同，那会儿连拿范儿都拿得非常质朴，也就是重个外形。这样一个艺术青年看完电影出了放映厅，激动得跺脚拍脑袋，借此让自己清醒。“太性感了！太性感了！”老唐止不住感叹。

老唐说的是片头的胡慧中。那时的胡，真是秀外慧中，水灵生动。片头是她全屏的大特写，弹着画外的吉他，“不要问我从哪里来，我的故乡在远方”。歌唱了四五分钟，镜头就照此拍了那么久。光也打得非常八十年代，虚虚的，七彩的，如梦。长发在鼓风机吹动下，飘飘颤颤的，美得叫人绝望。老唐赞得投入、由衷，也赞出了我们这些小萝卜头的共同心声。

很多电影是靠插曲的传播流芳千里，比如《冰山上的来客》，还比如这部《欢颜》。《欢颜》里的歌每首好听，因为突出了一个“愁”字，切中我们这群少年强说愁者的要害，当即无条件追捧。星移斗转，辗转多日，终于得到一盒录音带，是个女歌手的专辑，她唱《橄榄树》，唱《欢颜》，还唱“天上的星星/为何/像人群一样的拥挤呢/地上的人们/为何/又像星星一样的疏远”。

一个星期后，我在同学家听到这盒磁带的孙子的孙子版，女歌手的声音，和我听到的已有太大走形，简直判若两人。再后来，知道这个唱得好听的歌手叫齐豫。再后来，齐豫弟弟的几乎所有歌曲，被几乎全国所有大学男生用来在宿舍楼的水房吊嗓子。

那么迷人的电影，只看了一遍。现在回忆起胡慧中的美，已毛了边。都不该叫做记忆了，叫想象反而更准确。倒也不是怕什么毁坏心中的美好，只因没有机缘。机缘是个谁也拿它没辄的事，过去就过去了，想找，什么也找不回。

老唐后来去了美国，一晃十年，再见时已经妻儿老小一应俱全。目光虽然尚存偶尔的激烈，肢体语言已显迟缓。而我们这些当年跟在老唐身后瞎混的喽啰们，也早已尝过诸般来势凶猛、不容置疑的愁苦。大家坐在秋日艳阳下，谈起逝去的诸般人事，断续露出零碎的欢颜。

除夕忆旧

十来岁的少年都有个叛逆期，特别自我，特别较劲，好像所有人都和自己有仇，谁的话都懒得听，父母都懒得答理。

我也不例外。今天找东西，翻到中学时的一个笔记本，看到一段当时记下的感言，大意是说过年了，家人都在客厅团聚，香烟水果花生糖，看着电视里的歌舞升平，我却躲在自己的书房，临摹吴昌硕的《石鼓文》，觉得好脱俗。

想到自己中学六年，每年除夕夜都是分两截儿过的。十二点以前，和家人包饺子看电视，有一搭没一搭聊两句，非常无奈，很不情愿。钟楼一百零八响钟声一敲，立刻如同刑满获释，套上棉猴儿，告别父母，骑上车飞也似地穿过街头重重烟火，去找几个哥们儿把盏守夜。

父母是开明人，当然没有呵责，甚至欣然同意，只提醒带上手电，路上当心。但他们眉宇间的不舍，甚至失望，我再笨也看得出来。可当时就是不愿多想，只想迅速逃离庸俗的家庭气氛。

其实哥们儿相聚也一样庸俗，无非是香烟水果花生糖。哥们儿之一的家是个宽敞的四合院，北屋是我们每年守夜的据点。窗帘拉得严严实实，防止家长看到我们抽烟。我们团坐一起，沏上酽酽的香片，桌上堆满零食儿。打开四喇叭的夏普777，听罗大佑、邓丽君，“隔壁班的那个女孩怎么还没经过我的窗前”，“不知天上宫阙，今夕是何年”，唱的是少年躁动情怀。

二十多年过去，如今回想起这一幕，有深情回忆，还有对父母的愧疚。不是说不该除夕离家，非得和父母死守到天明。心思不在，守也是白守，关键是，那就又变成另一种较劲了。所以我要说的，是较劲。

其实问题很好解决，父母并不呆板守旧，也一向没有年夜守岁之习，至多熬到一两点钟，必定上床呼呼睡去。既如此，大可不必非要一俟钟声敲过，就急不可耐地逃离，兴头上泼凉水，谁会乐意啊。不如放松自己，既来之则安之，从容地和父母聊聊天，嗑嗑瓜子儿，看看电视，待他们熄灯睡下，从容地自去辞旧迎新。如此两不相扰各自心安，多好。

这会儿说起来容易，那会儿做起来却难。说来这是人生常有的悲哀，总是时过境迁，才明了解决之道，然而为时已晚。就好比，这会儿是明白了，但已再没机会与父母同守年夜，父亲早已去世，母亲也年年去三亚过年了。再好比，眼下除夕离家这个劲是不较了，可还会有别的劲去较，别的反会逆，而将来总有一天又会突然明了，这又何必。

可怕的是，现在人到中年，较劲也好，逆反也罢，这些小孩子才会有的情怀，我们仍在与之苦苦作战，这就有点白活了的意思了。所以还是那句话，放松，直面一切，不忧不惧，笑看年夜将至，看它冬去春来，这才是这个年纪该有的正常生活。

弹指一挥间

1976年的一天，妈妈用一根缝衣针，把扎进我手心的一根刺挑了。妈妈年轻时候眼睛太好了，所以花得早，给我挑刺儿的时候，眯着眼睛。当天晚上，小县城被哀乐震醒。毛主席逝世。

第二天，手肿成个白馒头，胀，用红领巾当绷带吊着。第三天开始化脓，伴以高烧。去了医院，医生宣布，有可能三天之内恶化为白血病。妈妈当时说不出话。

红霉素！仅仅需要六支红霉素注射剂。但是那个时候，那个县城，愣是没有。别忘了那年还有件大事，就是地震。支援唐山，支援这儿，支援那儿，地震把那个小县城所有的药几乎都用光了。

医生跟我妈说，赶紧找吧，找着了孩子有救，找不着，白血病。

后来的六七十小时，妈妈骑着自行车至少跑了一百公里。最后在邻县一个老中医那儿，找到四支红霉素。妈妈像献芒果一样把那四支注射针剂捧给了医生，自己也留在了医院。连急带累，她也病倒了。

后来是住院，开刀。开刀听着吓人，可当时手术刀一碰，脓血飞迸，以为多疼，其实一点感觉没有。真正疼的，是后来往伤口里塞引血条。血脓不尽，将一条橡胶似的条状物塞进伤口，以吸脓血。

疼死啦，但是忍住了，没晕也没掉眼泪。那股疼劲过去后，我的心里一股盲目自信油然而生，往后的日子再不怕了，不可能有比这更疼的事了。

两个月后，终于没有得白血病，我好了。医生宣布好清了的那天，我在邻居家的窗台下，从一台九吋黑白电视上看到了朝鲜电影《看不见的战线》。那是迄今为止，我认为最恐怖的一部电影。

再后来又得知，哥哥做了一暑假的小工，上午砸石块，下午帮五金公司仓库组装凤凰牌自行车，好不容易挣的三十块钱，也奉献给我的病了。而妈妈在我好彻底之后，又接着病了一个月。

我那会儿很小，但已经会跟他们说：对不起。他们说：多亏没死掉。

转眼到了那年的春节，邻居家来亲戚，是个草药郎中。听过我生病的事，很不负责任地笑笑说：怎不告诉我呀，太简单了，几服草药，几毛钱，七日内可痊愈。妈妈听了，为早不认识如此高人后悔不已。我却忍不住脱口大骂：放狗屁！我是觉得，全家人为了我那样辛苦，最终抵不上几服草药，心里难受。

现在想来，骂人实在大可不必，不过从那个时候起，就该看到“几服草药”这样简单的事，对面却是白血病，是死亡。无数的灾难，都起于鸡毛蒜皮。这里边的道理应该早点明白，后来就不至于走那么些弯路。

三十多年过去，今天想起这段往事，有感慨叫：弹指一挥间。

县城电影院里老掉牙的故事

现在的年轻人绝想不出，看电影能看死人。并非多久远的事，距今三十几年而已。那部电影叫《红楼梦》。不是后来那部一块大石头占据整个片头，狂唱五分钟《枉凝眉》的电视剧，我说的是王文娟、徐玉兰他们演的那个。

那时我还在苏北一个小县城，七八岁。一天深夜被父母从睡梦中摇醒，稀里糊涂被扯到电影院。现在反攻倒算，那一夜似乎带有某种预示，因而在我整个人生历程中，占据了不可忽视的地位。

首先，那是我第一次迈进电影殿堂。当时也忒不恭敬了，脚底一直拌着蒜。其次，那一夜是我有生以来第一次听到“贾宝玉”、“林黛玉”这两个人名。当时只觉得都有个“玉”，含含糊糊分不清楚。三十多年后的今天，我的职业是文学编辑，业余写写影视剧本，分别和文学、电影沾了边，人生走向莫非从那一夜即已注定？

那一夜，父母怕我贪睡而辜负他们的美意，不停对我施展各种绝招，给点零食、揪揪耳朵、胡噜胡噜我脑袋，为的是驱赶瞌睡虫。我也本着孝心，使劲儿睁开老要耷拉的眼皮儿。可是，黛玉一进贾府，宝玉唱起传世名段“天上掉下个林妹妹”的时候，父母被剧情彻底俘虏，再也没闲心来管我了，于是我拉开架势，不管不顾地痛睡。

没想到，第二天傍晚放了学，刚晃进家门，惊闻噩耗，妈妈要让我受二茬罪，又要陪她奔赴电影院，还是《红楼梦》。

妈妈是个越剧迷，年轻时在中南海的红墙里工作，自然雅致得很。风云突变，被下放苏北穷乡僻壤十几年，那颗越剧之心憋坏了，好不容易逮这么个机会，哪容错过。对妈妈来说，《红楼梦》代表旧梦重温、往日情怀，里边有许多内涵；可是对我，不啻是一场噩梦——前一夜的梦中，一直有人咿咿呀呀如同鬼魅，不是不吓人的。

没想到这一夜我看进去了，父母培养我文艺情操的愿望终于被我自觉自愿地接受，我瞪大双眼，直看得声泪俱下。并非我早熟，实在是全场中人哭成一片，不知不觉就跟着哭了。看完走出影院，我对妈妈说：明天再来看吧。

别以为我们这叫迷恋，比我们更痴迷的人多了。这座县城唯一的电影院，连续一周马不停蹄，二十四小时无休无止地响彻宝黛悲哭。成千上万的人进进出出，更有人在那一周里，把电影院几乎当成了家。时值盛夏三伏天，据说后来电影院里馊味扑鼻，人们一般会带好多条手绢入场，除去因被剧情感染，轮换抹湿若干条之外，还需一条专门用来捂鼻子，隔离呛人的馊味。

一周放映时间尚未结束，突然听说一名观众在电影放映过程中休克，送至医院抢救无效，死了。验尸报告称，死因一是缺氧导致窒息，二是悲痛过度。我在学校听到同学八卦这消息，回家转告妈妈，她说，罪过呀罪过。

再后来我就开始看电影了，偶尔会走进那家电影院。每次进去，都会觉得有点怕，因为这里死过人——小时候对死亡不知为何那样敏感——但是随着银幕上奇怪的人影乱晃，就渐渐迷醉在里头，看出了悲欢离合，看出了爱恨情仇。

再后来，我参加了省里的小红花艺术团，隔三差五会用劣质油彩抹个小红脸蛋，在电影院（也是个剧场）的舞台上，演小炮兵，跳洗衣舞，唱火车向着韶山跑，为宣传毛泽东思想声嘶力竭。

再后来，家境越来越窘迫，衣服上的补丁越来越多，爸爸自制的煤球烧出的火苗越来越黄，父母可能再没有一分闲钱可供花在看电影上头，更有可能的是，他们觉得那些烂电影实在不值得看，反正电影院离我的生活日渐遥远了。

再后来，穷人的孩子早当家，我开始利用暑假空闲，做小工补贴家用。领到的差事是帮建筑工地砸石块。一堆奇形怪状的碎石，砸成鹅卵石大小，一立方米几块钱。第一次拿到自己挣的钱，兴奋中突发奇想，要给父母一个惊喜。偷偷跑到电影院，买了几张电影票，回家左右扭捏，故作神秘使尽花招要让父母高兴。

万没想到的是，爸爸明白了一切之后，表情无比复杂地摸着我的头说，今天爸妈都有事要做，你也别去了，那电影不好看。我当时委屈得不想活了。

若干年后，一个偶然的机会，我看到那天要放的电影《决裂》，终于明白了父母为什么情愿伤我伤到那样，也不愿让我迈进电影院。那部著名的三突出电影是在鼓励学生们交白卷，彻底摧毁师道尊严。而爸爸在下放期间就是一名中学老师，不时被学生批斗。

性禁忌游戏

当年有“内部电影”一说。既是内部，大众无缘得见。“内部电影”一大特色就是“性”。我当年因为有些特殊机缘，有幸成为内部电影的忠实观众，看到不少被誉为性事颇浓的电影。时隔三十年，今天想来很感慨人们观念之变幻莫测，当年那些一禁再禁的内容，让今天的年轻人看了会觉得，他们的父辈太有游戏精神了，那么小儿科的东西，也配自诩为“性”。

好比有一次，被一个当时的电影理论家领着，去小西天电影资料馆的“小放”看电影，跟在理论家身后的我被工作人员强行拦住。理论家是个老头儿，在他眼里，我还是个童蒙未开的少年儿童，所以非常不耐烦地训斥工作人员：不就有点那个嘛，他一个小孩子知道什么！

我那年十四五岁，正对性事有糊里糊涂的渴盼，听了这番对话，心中如揣小兔，表面竭力装出一副完全不谙男女之事、事不关己高高挂起的无辜，蹭进摆有六七十个大沙发的豪华影厅。

所谓“有点那个”，不过就是罗伯特·雷德福喝醉了，跑到芭芭拉·史翠珊的宿舍住了一宿。镜头是这样表现的：摇拍从客厅到床边的地板，一路雷德福的衣物，从衬衫到内裤，说明雷氏一路脱着衣服上了床。镜头切换，史翠珊从厨房煮好咖啡来到客厅，见此情形，重叹口气，伴以摇头，犹豫片刻，也脱衣上床，关灯。再然后，机位静止，中景，床单下边，两个身体激烈扭动。完了。真的，就这些，不信随便找个碟店买张《回首当年》看看。

不过，说起来这还算好，最多也就是种静态的游戏；更有甚者，不乏有人还把性禁忌游戏玩成动态，甚至轰轰烈烈。

当年流行朦胧诗，一些年轻人模模糊糊的想法，模模糊糊的句子，把一群老头儿彻底激怒，瞅准机会口诛笔伐。当时曾经轰轰烈烈地讨论过舒婷的一句诗，“青草压倒的地方，遗落了一朵映山红”。好几个著名评论家都站出来说，这诗太淫了，太“性”了。我还清楚地记得有人直接指出，这哪里是什么朦胧，分明是大张旗鼓、明目张胆地写了一场“野合”嘛！

我当时读到那篇批评文章，特别想去问问那个评论家，这诗和他看的那些内部电影比，哪个更淫、哪个更“性”——那个评论家，我常在内部电影放映厅里见到。

我的问题终于没有问成。事隔三十年，现在我可以替他回答一下：压根儿就是一回事儿，不过是一场性禁忌游戏。

邮　局

如果不是“世界邮政日”，报纸上也不会有人想起邮局这茬儿。那记者在街上随机调查发现，很多年轻人根本不知自家所属的邮局门朝哪边开。正如报上标题所言：很多人几乎已将邮局淡忘。

语言文字的发展，常有字词横空出世，比如“宽带”；当然也就常有字词死掉，比如“洋火”。“邮电局”也正走向灭亡，因为邮、电已分家。以后只有邮政局、电信局，而很快，“邮电局”也会像“洋火”一样晋升到古董级别，被人淡忘吧？

有诗人写过：有的人死了，但他还活着。这话千真万确。该记的，任它灭亡也会记得。

小时候，每到星期天，会随爸爸去邮局取报纸。那会儿爸爸正落难，下放在苏北一个县城。消息闭塞，读报是唯一了解外面世界的途径。报纸少，又都长得一个模样儿，稍微能透过表象探点真情的，是《参考消息》，所以一天也不愿落下。星期天邮局不送报，就迫不及待去邮局取，顺便带我上街兜风。

去邮局那一路，是童年记忆里最美好的时刻。爸爸骑自行车，我坐前梁上。那是一辆除了铃铛不响哪儿都响的“老爷车”，道路又坑洼不平，简直要说沟壑纵横，每过一个坎儿，“老爷车”都会发出惊天动地的颤响。孩子都有恶作剧心理，逢到这类破坏性征兆，兴奋不已。车体每一次剧烈颠簸，我都大叫一声“咕咚”，继而狂笑。爸爸终日紧锁的眉头，会随着我的大呼小叫渐渐开朗。

几年以后社会形势好转，全家迁回北京。一个细雨的下午，迷上集邮的我到邮局索取订购的新邮票。其中有一套特种邮票取材于童话“咕咚”，我看了看，不以为然地搁在一边，想那童话虽美，比起当初我和爸爸分享的“咕咚”，差很远。

扯远了，回头来说邮局。那会儿邮局真忙啊，收发信件和电报的，订取报刊的，大包小包寄包裹的。我家刚到北京那会儿，江苏朋友怕北方大米供应缺乏，我们吃不惯面食，整袋整袋地给我们寄一毛四分七一斤的大米。无数的情意，无数的交流，从四面八方会聚而来，再被分发到天南海北，邮局，是这世上最重要的沟通中转站。

现在不同了，纸质的书信越来越罕见，因为被电子邮件代替。物产极大丰富，商业交通都发达，北京再也不缺大米了，没什么地方缺什么东西了，再有顽固啰唆的老头老太太要寄包裹，还挺遭人嫌弃的。至于电报，可能只剩唁电、贺电这两个形式主义分子了，正常的电报已被手机短信取替。你看大街上、公车上、地铁车厢、娱乐场所，人人拿着个小机机摁来摁去的，都在发电报呢。

清　明

从小喜欢喝茶，十二三岁就每年喝掉六斤茶叶，江苏产的绿茶。“文革”时父母下放江苏，等到重回北京，每年清明前后，旧日乡亲寄来大包大包的茶叶。遇上这种时候，爸爸就拿出好几个铁盒子，分头装满，蹾实，密封，忙得不亦乐乎，嘴角笑笑的，像丰收的农民在摆弄庄稼。爸爸嗜茶如命，我喝茶受他影响。

清明对我们家来说，除了茶之外，还有一个特别之处，这一天是爸爸的生日。后来有一天，我回想爸爸的一生，觉得他生在清明，也许是一生受累的一个预示。尽管这些节气都是人为定下的，清明也素有“牧童遥指杏花村”这样超凡飘逸的美好联想，终究有股苦涩气息。

爸爸一生坎坷，因为累，早早得了心脏病，七十一岁那年的七月一号离开人世。葬礼那天，下了几十年不遇的瓢泼豪雨。

转年清明节，还有未通信息的乡亲，照例寄来碧绿碧绿的新茶。我放着那些茶叶没动，自己跑到茶肆，买了一两新到的碧螺春，用纱布一针一线缝好，跑到西郊挂在爸爸墓前。

从那以后，我家清明又多了一件事，去看爸爸。一般是妈妈定好时间，兄弟姐妹们分别从北京城东南西北赶到墓园集合。一同来到爸爸墓碑前，妈妈拿出事先备好的干净棉布，仔仔细细地一遍又一遍地擦拭墓碑。哥哥姐姐分别将备好的鲜花或是干花，恭敬地祭在墓前。然后全家人呆立一会儿，默默离开。

从爸爸去世后第二年起，我不再买茶叶了。原来挂茶叶的那个铁钩，留给家人挂花用了。不为什么，就是不想再挂了。全家在墓碑前忙碌的时候，我会稍微靠后点站着，凝视墓碑上爸爸的照片，心里和他聊几句，类似：今天风有点大，昨天下雨了，最近有点失眠。

就是觉得他在那边挺好的，不该用那些烦琐冗长的复杂情感去打搅他的清静，那是我们正在经历的爱恨离别，而他好不容易离开了这些。所以，其实就连刮风下雨这些话，都没什么必要说，只是面对面站着，闲着也是闲着，随便说点什么让空气流动。

转眼又要清明了，家人照例开始频繁打电话相约去看爸爸。对我们而言，这是必不可少的一种情感寄托方式，照做就是。但是爸爸对此全无所觉，兴许他正忙着收拾一堆新采的茶叶，逐一装好，密封，然后坐在一棵枝繁叶茂的大树下，悠然品尝，树叶飘落在茶碗里。

我喜欢的人不是这样子的

一个春风沉醉的傍晚，我在正义路瞎溜达，正碰见警察逮人。被逮的是个姑娘，身材姣好面若桃花。被逮的原因，是穿着过于暴露，有伤风化。熬了那么长一个冬天，天气骤然变暖，姑娘就有点烧包儿，上半身只以一条羊毛围巾拦胸围住，骑辆凤凰牌女式自行车，正臭美地左顾右盼呢，被时刻保持高度警惕的值勤民警当场拿获。仅仅是穿着暴露，千万别往卖淫嫖娼那儿想，因为这是三十年前的事，北京那会儿街头还很单纯。

此刻我在穿梭于京沪之间的航班上回忆起这一幕。邻座的姑娘火力壮，嫌热，脱得只剩一件露脐吊带背心儿，周围的人瞥都不瞥一眼。甭说她了，机舱里的闭路电视上，一场精彩的内衣秀正火暴上演，好几十个姑娘穿着薄如蝉翼的内衣鱼贯而出，如此美妙场景，也压根儿没什么人看。

还是三十年前，某法院判处一个年轻女子有期徒刑若干年，罪名是流氓罪，主要罪证是几本日记，上边详细记录了她主动“勾引”数名年龄相当的男子，并与之发生“不正当关系”。

而此刻，还是邻座姑娘，正在津津有味地读书。那书是国营出版社的正式出版物，作者是南方某报社的女记者，书名叫做《遗情书》。

别误会，我不想感慨什么道德情操法律之类的事，这么大的事想想都怕，更不敢妄加议论，我想说的是，人用语言思维，三十年间，我们对许多问题的许多看法发生巨变，语言也必有变化吧。

不想不知道，一想吓一跳。二十多年前，某知名学府课堂上，我一个同宿舍好友遭到某知名教授狠批，原因是他在作文里写出如下句式：“回宿舍，见一信在桌上，大喜过望。”编过《辞海》的教授说，这怎么可以！文白不分，思维混乱！现代汉语照你们这样糟蹋下去，二十年后就变垃圾了！

遭此棒喝，我那同学从此发愤，二十多年后的今天，成了享誉中外的“汉语诗人”。他在网上开了个论坛，招我去捧场。我去逛逛，万没料到，网友们互相之间的亲切对话，愣是看不懂。好比说，“偶稀饭滴淫8素酱紫滴”。跟这同学请教，他给我留言：你表（不要）在意，偶（我）们年岁大了，要习惯小童鞋（同学）们的语言方式，那句话的意思94（就是）："我喜欢的人不是这样子的。"

听说近年有个台湾歌手人气巨旺，他最大的特点就是跑调走音。这是否就是新一代语言变化带来的观念变化呢？不过单就唱歌而言，偶稀饭滴淫，还真8素酱紫滴。

小病怡情

生病是对正常生活轨迹的一次打破。平时按部就班朝九晚五，生了病，会请假在家，十有八九就变成夜猫子。平时风风火火向前冲，来不及坐下来看看人生风景，生了病驻足观望，会有意外之喜，也或者是悲，要看具体情况。

平时一日三餐，走的是规矩路线，偶尔打破习惯，也就是下下馆子，也在正常想象范围之内。生病了却会突发奇想，想起一些奇怪的吃食。唐山大地震那个夏天，我正巧生点小病，天天能有水果罐头吃。那个甜啊，那个清凉啊。其实那会儿没冰箱，能清凉到哪儿去？甜也不过就是些化学合成的糖精。可那股子美劲儿刻在记忆里，成为那个血红的夏天唯一的清凉。

近两年逢生病，不吃水果罐头了，换为躺在床上看电视，一整天一整天地看。在平时是不敢的，电视节目那么烂，稍多看会儿，就有浪费时间之愧。曾经在一个作家的书房里，见他用以自勉的条幅上写着“闲散的人是可耻的”，语出契诃夫。我平时在电视机前稍坐久一些，脑海里就浮出那幅书法作品，继而情不自禁地羞愧难当。可是生病了，生病了，生病了嘛，什么敢不敢的，闲散那是咱的权利！说白了，这是撒娇有理，闲散万岁。撒娇也是小病怡的那个情之一种。人在病中，撒娇的出现频率几近百分之百。

病中看电视会发现，好多烂节目只要盯着看，还是可以看出乐趣。乐趣点却是五花八门：《耳光响亮》，改自朋友的小说，有趣。《妻子造反》，韩国连续剧，扒的《绝望主妇》，家长里短的，对照出不少身边人身边事，有趣。《大长今》，拖泥带水，动不动就闪回，有趣……你看，病中的判断力、鉴赏力呈现出一种百花齐放、发散型的自由状态。不过不客气地说，与此同时，智商也正渐近为零。

都说人一谈恋爱智商就接近为零，为什么？因为大脑会被那些不切实际的幻想、辗转反侧的情绪占得满满。其实生病期间产生的这些形容词，所谓喜或者悲、所谓夏日的清凉、所谓撒娇、所谓有趣，全都一样，都是智商几近为零的表现。真正的生活与这些形容词没什么关系。所以最终想说的是，所谓小病怡情，不过是让人在人生的某个片段，变成个傻子。

家庭关系

人老到一定年纪，秉性就像小孩。而且越老越像，任性，撒娇，耍小脾气，因为自己的建议不受家人重视，委屈得默默流泪。俗话说老小老小，果真是如此一场轮回。

我们有个连续聚的小团伙，三天两头扎堆儿。早几年聚着聊文艺，聊社会，近两年随着陆续迈入四十岁的门槛，闲聊的话题中多了一项各自家里的老人。老人的病，老人的怪癖，等等。边聊边打量自己不远的未来，不禁微微肝儿颤。

我们这年纪的人，父母双全的很少了。独居的老人一般对子女的依赖更重些，所以经常是我们正聚到兴头上，某人的妈突然来个电话，内容居然是夜太黑独自在家害怕之类。某人明知这是撒娇，也当即无怨无悔朝家飞奔。没啥可说的，老人变成小孩了，你就只好当大人，像照顾子女一样照顾父母。

问题是，有的人本身就童心未泯，如此两小相凑，有时候家庭关系活像小朋友玩过家家，别有一番情趣。

就像老张家，老张一把年纪尚未娶妻，一直和父母同居一处。有段时间，老张每天临睡前都要反复检查自己房门是否锁死。这么做的起因是，有天上午老张睡得正酣，隐约觉得哪儿有点不对劲，猛睁眼吓半死，只见他妈端坐床头，直勾勾正深情凝视他呢。见他醒来雀跃地说：儿子你可醒了，妈太闷了，陪妈下楼打网球吧。

十个指头伸出来都不一般齐呢，再亲密的关系也免不了磕磕碰碰。大多数人家闹别扭，既然老人已经成了孩子，最终都是子女忍气吞声。老张家不一样，因为老张也是孩子，所以他们家别扭一闹起来就小不了。有一次因为俩“孩子”吵得太凶，比着砸电脑，砸碗碟，邻居不明就里报了110。警察一敲门，这俩先是傻了眼，醒过闷儿来当即合伙怒训警察，警察被训得直乐。

更逗的是老李家。老李爸爸是部队高干，家里房子好几套，所以老李和媳妇单住。逢周末，俩人必回父母家，全家大聚。那个星期天，老李伉俪照例回去全家聚餐。老爷子做了红烧肉，美味无比，吃得老李媳妇连赞不已。夜深时分，老李把吃剩下的半锅红烧肉打包带回了自己家，准备明天继续享用。

不承想，当天夜里，老爷子小孩脾气犯了，越琢磨越搓火。天一亮，老李接到他爸的电话：儿子，你们来看我，在我这儿吃饭，我很欢迎，可是，这以后能不能就光吃，别再打包了，不合适嘛。老李讪讪地挂了电话，也越琢磨越搓火，小孩脾气也噌地涌了上来，怒气冲冲抄起电话，不是打给老爷子，而是打给一家快递公司。

两小时后，老李父母家收到快递公司送来的一个盒子，里边是那半碗还没来得及吃的红烧肉。

第四辑

生日歌

年头过到2009年。一见“9”，难免生些感慨，因为它意味着新旧交替即将来临。

年岁问题也是一样，身边一班老友，大多生于六七十年代交替期，最近陆续迎来不惑之年的生日。不少人在这生日前后，生活都发生了一些改变。

比如老赵，自打认识他那天起，好像就一直在玩，飘来荡去，闲云野鹤似的；四十岁生日一过，先是闪电般结了婚，紧接着就在北京寸土寸金的地方，支起一个酒楼，从此天天在店里坐镇，京城的各大夜店，再难见他飘逸的身影。

老赵的酒楼开业没两天，迎来老刘的生日大宴。老刘平日向来低调，可是那天突然召唤了二三十号人，光蛋糕就买了仨。众人有点纳闷，不明白老刘缘何陡然习性大变。不过亲朋好友一日不见，如隔三秋，相见甚欢，那点纳闷很快就被一派欢乐祥和的气氛冲到爪哇国去了。直到后来老刘发表生日感言，大家才明白这次生日会还是有些特别的。

照例，酒酣耳热之际，有人撺掇寿星老儿发表点生日感慨。老刘举起酒杯，神情假装其实也确实严肃地说："好吧，我说了啊，今天是我三字头的最后一个生日了。明年开始，我就不想过生日了……"老刘三十九了。

全场有点沉默，因为每个人都联想到自己。老刘在我们这群人中，向来被戏称为"年轻人"，如今老刘都奔四十了，居然！一群人天天在一起打打闹闹，胡贫烂逗，老还觉得青春年少，意气风发，粪土当年万户侯；可是岁月无情，数字冷冷地摆在眼面前，真到了三十九，不管你愿不愿意，多少该想想做万户侯的事情了。这一想，就难免有点心颤。

饭桌上有几个老刘的红颜知己，尚属青春年少，不过都很懂事，窥破在场老男人们的尴尬，说来来来，唱歌唱歌，生日快乐歌。来来来，咱有歌星在，那谁，你起个头吧。众人仿佛从梦中惊醒，纷纷附和：对对对，唱歌唱歌。更有敢于直面惨淡人生者说：没事没事，老刘甭怕，你看那谁，都快奔五张了，一样生龙活虎。又有人打岔：甭让那谁起头了，专业人士，调门儿忒高，还是那谁，你来吧。

在场另一著名歌星掐了手里烟头，清清嗓子站起来，像当年加入少先队宣誓一般郑重起调儿：祝你生日快乐——预备——齐！

我敢保证，全场绝无一人有半点扭捏作态，集体放声而歌，男多女少，声音浑厚低沉。可是，众人听进耳朵里的，竟是整齐划一的“最美不过夕阳红”。谁也没打招呼，谁也没有丝毫要表现自己与众不同的私心杂念，就是全想一起去了——要不能这么多年能玩到一块儿呢。

一曲歌罢，老刘合十表示感谢，同时建议：自明日起，在这群人当中组建一支门球队。

提人儿

北京有不少资深混混，都有一项本事叫“提人儿”，就是不停地跟你提各种人名，试图从中找到与你共识之人，目的当然是套近乎。如果稍加注意，很容易在日常生活中听到如下对话：你跟他提我！要不你跟他提那谁谁谁！

大街上毫不相干的俩人，各怀鬼胎地提人儿，不出两分钟，不定从哪个犄角旮旯就能挖出一两个共同熟人。这是有理论基础的，数学上曾有著名的六度分割理论，又称小世界理论。又有心理学家根据这理论断言：世界上任意两个人建立联系，最多只需要通过六个人。

人人都有一张交友网，时间一长，慢慢就形成左一个右一个的圈子，演艺圈、娱乐圈、白领圈、CEO圈、作家圈，不一而足。一圈套一圈，环环相扣，情状很像奥运会的五环图案。每个圈子里又有那种能量超人、不甘一棵树上吊死的交际花，他们精力充沛，以认识新人为己任。有了他们的串联，很快圈子与圈子之间犬牙交错。按我一个朋友的说法，“每个圈子都有交错的时候、交错的机会、交错的人，如同国外那种交换舞伴的集体舞”。有了圈子，提人儿更方便了，八竿子打不着的人，哦您是作家圈儿的呀？那谁谁谁您认识吧？噢天哪，朋友啊！仰慕已久相见恨晚！

我每日奔忙讨生计，当然也难逃圈子这张大网。不过直话直说，我对自己身处的这个圈子有点憷。明明做的是老老实实的出版工作，偏因爱好文艺，交了不少作家朋友，落入作家圈。正赶上作家圈在流行实名制写作，于是不幸屡屡被写。先是被封为“三里屯十八条好汉”之一；再讽我“杨老颓独占花魁”；再刺我“怀中可抱月，心上不留人”。从此普通平凡的生活被粉饰得形迹可疑，偶尔被隆重介绍一次，对方投来的目光宛若洞察秋毫，一个劲儿狡黠地笑。细问问，原来对种种“劣迹”早有耳闻。

外地的作家朋友还好，一年到头见不了一两回，既见了，你好我好大家好。常常是寻个山清水秀的地方，扎堆儿谈谈文学，互相往死里捧，当然少不了还要八卦一番圈子里近来的人、事。这就是江湖上盛传的“笔会”。再通过互相勾搭多年的媒体圈朋友一宣传，没准儿都能担上繁荣文学的头衔。可惜这些都算圈子外围，真正核心却是一群北京作家，年龄相当，常在一起连续聚，早已没有“有朋自远方来”的新鲜劲儿，一朝坐在一起，互相侮辱的时候居多。

奇怪的是，天行“贱”，君子自“贱”不息。懒归懒，偏偏对互相吹捧的事全无兴趣，反而是互相侮辱的朋友更有吸引力。虽然连续聚到无话可说，相对无言，呵欠连天，但一有闲工夫，还是愿意坐在一起，坐看云起，朝花夕拾。那情形之于生活，有点像寒冬夜行人终于找到个破庙暂时可以歇脚，互相依靠着取暖。

细想起来也没什么奇怪，世上本无十全十美的事，任何人、事概莫喜忧参半，单看你缺什么。互相侮辱叫人一时难堪，但因熟到不能再熟，每句话、每个字都直戳心尖，疼过之后会有苦口良药之疗效；而互相吹捧固然一时欢喜，但往往虚头巴脑、言不由衷，说了跟没说一个样，纯属泡沫。最可怕的是，往往说着说着就会有人跟你提人儿。如果在提人儿和互相侮辱二者间作选择，尽管后者令人发憷，那也选得心甘情愿，因为提人儿实在太可怕了。

说圈子，说提人儿，古时候有“朋党”，近代有南北军阀“派系”大战，“文革”时有名目繁多的“小集团”，到了今天，是“圈子”。再从集团到圈子，扎堆扎得越来越不成气候，名头都越来越黯然无光，气势也越来越小，一副逐渐式微的模样。可见社会发展趋势，是从豪放到精细。也是不得已吧，因为每个人的独立性越来越强，登高一呼万人云集的事，越来越不现实了。

节日短信

又快过节了，而且冬至、元旦、春节、情人节连成一片，紧锣密鼓。好像每年到了十二月底，每个人的心就浮了，基本没心思做事，一节接着一节High完，冬天就算Over了。报纸的版面也照例热闹起来，节日消费指南、节日健康提醒之类，年年不变的那点玩意儿，再赚一次稿费。

生活水平不断提高，表现之一是什么节都拿来过，鬼节都不放过。可是节越过得多，越过不出什么喜庆的味道。几番折腾下来，节日的内容就成了各自窝家里瞪着电视屏，手上摁摁手机键盘，互发短信表达祝福。

祝福短信刚开始挺好的，节日快乐、天增日月人增寿、年年岁岁有今朝、全家平安阖府康健……简单明了，朴素直接，一派祥和，收短信的人看了心里暖暖的。可是，就像过节过着过着就奔无趣去了一样，短信发着发着，就奔垃圾去了。比那些打折机票、淫乱招嫖还像垃圾，那些垃圾至少赤裸裸直接管自己叫垃圾，可这些祝福短信打着温情的幌子。

垃圾短信的特点是，特别蠢又偏要抖机灵，结果越抖越恶心。好比，“你好，这里是168声讯服务中心，您的一位朋友在新年到来之际，特地为您点播了一首歌祝您新年快乐，由于现在系统忙，请您自己哼哼。”再好比，“‘节日’怎么会快乐？我们可以节水节电，节衣，节食，但绝对不能节日”。

今年中秋收到一条短信，垃圾到登峰造极的地步：“美女几时有，把酒问貂蝉，不知西施何处，可在演艺圈。我愿美人无数，又恐精力不足，后庭醋太酸。色诸葛，才伯虎，苦潘安。只恨分身难上难。自古阴盛阳衰，从来苦辣甜酸，快马更加鞭。但愿能持久，夜夜拥婵娟。”这都什么乱七八糟的，还“后庭醋太酸”，知不知道甚叫“后庭”！

发短信的都是好朋友，而且多数情况下也是转发而已。并无怪罪他们的意思。该问问那些编短信的人，在这些无聊事上费心机，字里行间还一副自鸣得意状，不但浪费自己的时间，也浪费他人的宝贵光阴和手机费，着实可恨。

节日走在街头，觉得无数这样的垃圾在头顶飞来飞去，阵阵恶心。

喝　茶

喝茶这么件家常事儿，如今被罩上许多神秘的外衣，有点像披着狼皮的羊了。有了狼皮，就很吓人，普通人接近不得似的。这张狼皮就是文化。

想起广东人管喝茶叫饮茶。这本是颇具古风的说法，但用在北方，“饮”会变成去声，一般是指喂骡子喂马。也有用在人身上的时候，那是万恶的资本家嫌恶劳苦大众。新社会了，不兴这套了，但眼下爱把喝茶往文化上引的人，我看就有向资本家方向出溜的危险。

前两年爱去三里屯一家小茶馆，地方很小，三张小桌，能容十人左右吧。茶好，环境清静，服务周到，像在家。所以有朋友来，就领了去。不想好景不长，没隔多久大概茶馆赚了钱，搬到不远的别处，面积扩大了，气势也吓人了，屋内烛光幽暗，布满长青植物，八仙桌，官帽椅，都是假古董，茶单换成个大扇子，账单换成即兴书法，进门就得蹑手蹑脚，说话最好如蚊子哼哼，否则店家厌恶的目光随之即来……总而言之可文化了。我去了一趟，被那所谓的茶文化惊着了，不敢再去。后来偶尔从那儿路过，看着一窝一窝的老外出出进进，本来就蓝的眼睛，因为好奇变得更泛兴奋的幽光，就忍不住要琢磨，他们把那儿当三寸金莲博览会了吧?

相比起来，我更喜欢旧时的茶馆。不过我生得晚，更旧的茶馆风情，虽然能从老舍话剧中领略一二，到底还是“纸上得来终觉浅”，我能想起的，是上世纪八十年代初陶然亭湖边的那家茶馆。一大间屋子，家常的桌椅，冬天生火，暖和，夏天吊扇，凉快。花茶为主，满屋流香，有点儿俗，却是沁人心脾的地方风情。备有瓜子、花生、果丹皮等零食，偶尔还有人拉琴助兴。坐在那里常有错觉，以为一大家子人正在团圆守岁。

我这么说，并非要把喝茶这么件雅事生往腌臜小馆拉，雅我不反对，我反对奢谈文化。喝茶就喝茶，茶馆就是喝茶的场所，该注意茶新不新，水净不净，人善不善；你把精力都用在营造气氛上了，就叫舍本逐末。如果那就叫文化，不要也罢。

冰火两重天的北京夜

那一夜，我们要听费玉清。还是下午，和另一位中年肥汉按捺不住激动，早早在演出场地周边逡巡，先到工体边上的鹿港小镇垫点食儿。

鹿港小镇与往日大不同，俊男靓女全不见，倒像一场中老年联欢会的后台。点吃点喝也是中老年风格，殷实做底的节俭、适量、从容。听不到往日的唧唧喳喳，看不到惯常的无端浪费。仔细观察一下会明白，这良好的氛围，全是因为费玉清。

有个花白头发的中年妇女，台湾某媒体集团总裁，手里一摞打印好的A4纸，应是从Google上查到的所有费的条目。还有个老头，头发梳得溜光水滑，穿长衫，围一条五四风格的围巾，拄文明杖，信步进堂。

演出开始了。这人嗓音太干净，走音、音劈这类杂毛绝对没有。这人台风太正，从始至终，恁大的舞台，基本只在一平方米范围内活动。这人态度太谦虚，每唱新歌，会说尝试一下，与听众切磋。这人歌词太优美，是《兰花草》，是《一剪梅》，是《采茶曲》，是山，是水，是长空。总而言之，范儿太正了，调儿太柔了，全场气氛，突出一个“怨”字。

可能这人也怕阴柔之美有点过，唱完小半场，舞台背身纱帘突变，由山水画变成了书法词典的一页，上有真行草隶数十个龙字，补救气场吧。而我内心的气场，也是阴阳颠扑，异常复杂，煞是有趣。

十一点，转场。著名的音乐胜地九霄，又一场艺术盛宴即将开席。我们要听Joan Pimente的Super Honey，据说融合了Melodicrock和Vintagesoul两种音乐风格的精华。九霄门口暴挤，两个正在全国各大媒体闹绯闻的音乐人，在门口徘徊等待。

女歌手巨胖，胳臂似腿，胸前似俩篮球。由此，底气足，声音出来响彻云霄，至少九霄。歌我不懂，只是乍听兴奋，欲舞欲蹈，如有火在胸中流窜。但是仅只三首过后，疲了，累了，最要命的是，场内空气太差，走之。

离开剧场，我们去吃羊肉臊子面，热气腾腾，肚子圆了。一点，迈上回家之路，夜风很冷，想这艺术的力量确实非同小可，简简单单两场演出，叫我这一夜过得宛若冰火两重天。

如今九霄早已烟消云散，旧址一片瓦砾，正向过往行人追忆往昔繁华。站在碎砖瓦上想想，冰火两重天，真要算是北京夜的高度概括了。所谓老、中、青三结合，比如鹿港小镇的客户群构成；所谓中外古今传统现代的杂交，比如工体和九霄、费玉清和Joan Pimente；所谓百家争鸣百花齐放，比如突出的那个怨和欲舞欲蹈……北京的夜生活就是乱七八糟一锅粥。我们夜夜在这锅粥里周旋、沉迷，被冰火激荡得颠三倒四，各种毁灭性的心理疾病开始悄然萌芽。已有前兆，太阳照常升起时，一丝空虚在内心深处陡一激灵。

焐店的夜游神

曾在北京、上海之间游走，大而化之地总结过两地夜店的区别：北京的店是认人的，上海的店是认地方。在北京，店再火，老板一换情形立马不同；在上海，只求去处够洋够浪，没人管是谁开的店。借用拟人手法来说，这也基本和两地的性格相似：北京讲究个老人情味，人在店在，人去店空，随意流动性强；上海老憋着要做世界之最，所以开个破酒吧都恨不得请哈佛商学院教授来讲讲管理，靠的是冷冰冰的规章制度。

北京讲究人情味的突出表现，是专有几支招之即来、来即能战、战即能胜的焐店夜游神队伍。朋友或者朋友的朋友开了店，一时间内盯死了去，最次也是周末必到。不是白坐着，回回几千块大单埋着。店家要打折都怕被诬为瞧不起人。因为去得太勤，不明就里的外人常生误会，以为那店必有其股份。

亲眼见证一批社会“闲”达，从三里屯的白房子开始焐起，焐到幸福花园，再焐88号、99号，再焐Suzie Wong，再焐日坛南门的FM，再焐后海岸边老白的酒吧，再焐工体北门的Chivas，再焐九霄……几年下来，焐得人人一脸褶子了，人老心不老，又奔工体西路焐去了。

这些焐店夜游神们，人人脑海里一部北京夜店的发展史。他们焐店的几步跳，勾勒出北京夜店的几大高潮：三里屯、朝阳公园、后海、工体西路。

按词典里解释，用热的东西接触凉的东西使之变暖，叫焐。焐店的夜游神们正是见人之所未见，利用自己在江湖上热乎乎的地位，把一爿爿簇新簇新的店带热。等人满为患了还去等位，那叫追风犯贱。焐店者永远走在时尚前沿。

这里所谓时尚，可以替换成白领二字。虽然白领永远是最大的消费群体，但在夜店这件事上，老被当成大俗套看待。至少在焐店的夜游神们眼里，他们简直就是随波逐流、俗不可耐。所以当白领们如钱江潮般涌向三里屯庆个生日什么的时候，夜游神们已悄然转场朝阳公园。当白领们如过江之鲫奔向朝阳公园度个周末什么的时候，夜游神们又奔后海了，以此类推。

虽说人老心不老，但这只是主观美好愿望，焐店者的队伍终究还是要新老交替。江山代有才人出，一群老字辈老霸着焐，因为观念的陈旧，焐不出更大的动静不说，年轻人会跟你急的。夜北京的江湖，本来是以一团和气的无聊为主旋律，真闹得像电影《黑社会》里梁家辉那样，为当帮主把人从山坡上滚下去就不好了。

老一辈退出焐店江湖的情景是有点凄凉的，尽管他们打起十二分精神，去了Baby Face、唐会、美丽会这些新店，但那整齐划一、满眼工业化金属的风格，他们实在接受不动了，想踅回往日辉煌的幸福花园、王吧，早已是一片瓦砾、断壁残垣，于是他们只能去钟鼓楼下的波楼、疆进酒、王吧边上的“蒋酒”这样人情味尚存的老地方，喝一些陈年老酒，谈一些陈年往事，任雪线在鬓间悄然浮升。

三里屯的起承转合

三里屯这二十年，很像一个人的成长，少年时青涩、欢乐；青年时孟浪、激进；而立之年前后混乱、崩溃；到如今，被人生之苦，以及各种社会现实教育得浪子归来，规规矩矩，娶妻生子，建设家庭，成了和谐社会的中坚力量。

又说人生如梦，还说人生如舞台。三里屯这二十年的人生，如果是一场梦，是一出戏，还真有板有眼，丝丝入扣，起承转合清晰可见。我在三里屯一带玩了二十年，亲历这一场春夏秋冬四季轮转，很多细碎小事当时不在意，今天回头看，套用时髦词儿来说，居然都是起承转合的“拐点”。

上世纪末，三里屯开始“起”，不消一两年工夫，迅速蔚为大观。仿佛王者出行，闲杂让道，北街路西原来有一长溜儿服装摊，与秀水街齐名，迅速被挤走。不仅服装摊，各种不相干的买卖全都被挤走，三里屯成了酒吧的天下。

闲杂买卖让了道，整条街却被闲杂人员当了道。当时晃荡在三里屯的，主要两拨人，一拨是有班上的文化人儿，另一拨是没班上的大闲人。前者比如记者、文化公司的老板、员工；后者比如各领域的艺术家、唱歌的、写作的。两拨人的共同特点：有闲，喜混。

北京圈子文化盛行，上述两拨人，在北京基本算一个圈子，所以彼时的三里屯，随时都像大家庭聚会，熟人满街飞。偶尔碰上不相识，互相瞧着也眼熟。夜幕降临，四九城的兄弟姐妹都往这儿扎，直把家家店老板混成了哥们儿。于是，不光一家店里桌与桌之间串台换位，店与店之间也游走频繁。嬉笑怒骂，甚至打架，都是家庭内部的事。今宵离别后，明日还相逢，整个三里屯，像一场永不完结的流水席。如果有人旱地拔葱，蹿上半空去看这条街，定是一派祥和之气笼罩。

这期间有一件小事，至今记忆犹新。那天我们在58号户外大酒伺候，酒到多时，某人心里泛起愁事。正郁郁不得解，猛抬头看不远处黛茜小屋门口，蹲着一位姑娘正号啕痛哭。这位老兄被姑娘的悲痛征服，直入忘我境地，情不自禁抄起桌上一摞餐巾纸，大步流星冲过去，塞在姑娘手中。

当时那场景，因为姑娘下蹲姿势颇似正在方便，所以送纸巾的动作，很容易被理解成讽刺挖苦。我们于这头看着，隐隐替那兄弟担心。姑娘倒是毫不见外，悉数接过，一把鼻涕一把泪，脚下迅速餐巾纸堆积如山——这是“起”时的三里屯，人心淳朴，简单率真，都是兄弟姐妹，所以姑娘没有任何顾忌。不过我们开始生出怕被误解的念头，想到了讽刺挖苦的歧义，也说明这条街上人开始杂了，陌生面孔越来越多，“起”到此处，该告一段落了。

所有的酒吧生意都太好了，夜夜笙歌，附近居民以扰民为由抗议，城管部门开始干涉，子夜过后不得在街面喧闹。从此，三里屯开始“承”。

新的作息时间，更适合早起早睡、偶尔放纵也有节制的白领。于是三里屯的顾客，渐渐变为以白领为主。可是，老混混们不可能就此不混了呀，他们开始沙家浜的第二场——转移。

上海人泡吧，认地不认人；北京人泡吧正相反，认人不认地，只要老板是朋友，哪怕他在民宅里开个酒吧，都天天不落往那儿冲。三里屯第一代酒吧老板们赚到了钱，陆续挑选城里其他地方另开夜店，比如88号，比如FM。老人们都随老板去焐新场子了，剩下三里屯这些老店，多数盘给了新人。

最了解这些店的，当然是当年那些店伙计，他们眼瞅着这些店从初创到极盛，加上感情的因素，很多人奋力聚资，摇身一变，从伙计变成了老板。也因此，后来再去三里屯，满街东北话，这是原来的那些伙计们又从家乡招了新一茬儿伙计。

东北人向以性格豪爽、胆大著称，做起酒吧生意，也是天马行空，很快三里屯向多元化发展。之间酒吧频繁倒手，东北人这支主流也被冲散，街上的成分越来越复杂了。

有一年夏天，一个在纽约大学做比较文化研究的朋友来京，要去参观鼎鼎大名的酒吧一条街。我陪他在那条街上正指指戳戳，突然后边蹿上一位大嫂，问：大哥，要玩玩不？全是从老家新来的姑娘！

尽管我们直接谢绝了大嫂的好意，她还是不死心，一路紧跟。同样的话不停地重复，很没创意，害得我和朋友完全无法聊天。情急之下，我猛回头盯着大嫂问：我这朋友不喜欢姑娘，有小男孩儿吗？那大嫂瞪圆了双眼，吐了吐舌头，继而嘴里嘟嘟囔囔，终于放过我们。我那朋友当场笑翻，大呼三里屯太有意思了。我当时半自言自语半对他说：这条街到了这个鸟样子，孟浪激进过头了吧？该转变转变了。

果然没过多久，政府开始准备重新规划三里屯地区，酒吧街一片喊拆之声，闹得人心惶惶。家家店铺都在想方设法尽快出手，本来想在寸土寸金的街面上再挤进个酒吧的新人们，也火速撤退，酒吧街的生意越来越淡。

当然，要拆迁只是生意淡的原因之一，还有不少其他因素，比如经营越来越不靠谱；比如悄然之间，几年下来，三里屯主街周边的巷子里，也陆续起了一些酒吧，老王的酒吧、蒋酒、海上、青年旅馆，等等，这些新店不仅从各处拉回很多已经走失的三里屯的老人，也拉走街面上那些酒吧的大部分顾客。三里屯开始迈上混乱、崩溃之路。

街面上酒吧的崩溃是显而易见的，到周末，不少酒吧仍是门可罗雀。街后小巷子里的酒吧，也以另一种方式走向崩溃。连续七八年的夜夜笙歌、欢聚大宴，使得很多老战士都渐生疲态，一时眼前又无新路可走，只得沉溺其间。起先的兄弟姐妹情谊，这些年下来也都盘根错节，生出新的爱恨情仇，像一副扑克牌，还是那些花色数字，却已经被洗过若干遍，不复当初。

那两年，三里屯当年的老战士们轮番得了抑郁症。虽然还是见天儿凑在巷子里的某个酒吧，但已不复当初握手拥抱，把酒言欢的形态，而是互问病情，互道珍重。

就在那两年中的某一天，一伙老战士聚在老王的酒吧里，话题七拐八绕，不知怎么绕到怎么才能让“王吧”挣上钱，摆脱大食堂的称号。老战士之一突然语惊四座：修座庙吧！他的理由是：你想想来三里屯这些人，有几个不精神危机啊。

今天回想这位老战士的话，像是黎明前黑暗的一个标志。三里屯十几年的繁华，至此走到终极。如同人生，最美好的童年、青年时代纷纷攘攘、热热闹闹，可以头破血流，可以胡作非为，可惜这一切都已结束，中年到来，“合”相初露。

“合”了以后的三里屯，先是起了3. 3大厦，随后大片空地上开始建设全新的楼宇，富丽堂皇、时尚先进，CBD成了它的新兄弟，名牌精品店即将成为它的新主人。这一切，都很像一个安居乐业的中年人，体面，稳定，按部就班，满面红光，一副和谐社会主人翁的气象。北街东面还有几家最老的小酒吧没有拆，戳在那里，随着周边新楼的崛起，越来越显出颓败、陈旧之相。

不知道市政部门将来的规划如何，如果让我建议，不妨留着它们，归口到博物馆部门管理。周末夜幕降临之时，这些老房子里会传出一些老歌，歌声幽幽地在三里屯的大街小巷四溢流淌：还记得年少时的梦吗，像朵永远不凋零的花……

南非六记

不拘小节过大节

去南非看世界杯，抵达约翰内斯堡后，坐大巴前往城区。理所当然都是快速路，路面状况很好。路两边电线杆上，挂满前来参赛的三十二个国家的国旗，中午炽烈的阳光下，它们迎风飘扬。如此全球化场景，出现在非洲大陆最南端的国家，惹人感叹。

不过且慢——正美呢，车身剧烈一颠，居然驶上一条土路。真的是一条黄土路，坑坑洼洼。南非气候干燥，黄土就像那种细到极处的沙子，每有车过，暴土扬尘，车窗全部关紧，仍可嗅到一股土腥味儿。伫立路口检查来往车辆的当地警察脸上一层土色，汗一流快成泥猴了。

原以为要去哪儿参观，先被带往约堡郊区了。打听方知，这就是机场通往市中心的主干道，这一截儿确实还没修完，仍在施工中。没错儿，路边不时可见大型筑路机停着。地陪导游告诉我们，约堡、比勒陀利亚还有不少这样的路段，往后几天还将经常看到，不必惊奇。

这又惹得全车人唧唧喳喳，段落大意是：简直无法想象北京奥运开幕之际，如果机场到天安门之间还有黄土路段，那咱还不都得急疯了。

看球那天，晚上八点半的比赛，我们四点就坐上车，向球场进发。当地人说了，必堵车，多打点富余量。果然堵，不过没想象的那么厉害，才七点我们就到了球场。

大门外早已人山人海，几十个安检小帐篷绵延排开，帐篷里头，两个安检人员不紧不慢地耐心检查，手机有吗？请掏出来；笔记本电脑有吗？请掏出来。和我们熟悉的机场安检程序一个样。

帐篷外头挤翻天。当时那场景，上点年岁的中国人都不陌生，毕竟咱是排队大国，曾经以人山人海、排不成队、秩序混乱著称。而那天晚上埃利斯公园球场门外场面之混乱，超越了我长这么大记忆中最混乱的排队经历，五湖四海各种肤色的人相互身体全部零距离，各种语言的叫喊和惊呼交响，更有呜呜祖拉随时在耳边猛然吹响，那叫一个乱！

其实有铁栅栏约束排队的，可惜早被挤得东倒西歪。我们一行在人群中手拉手，奋力向前一寸一寸挪移。快到帐篷口时，身边的栅栏也被挤出一道裂口，一大群身着橙色外套的荷兰球迷如过江之鲫，从小帐篷边缘一个缺口鱼贯进入球场界内。这时，奇迹发生了，安检人员们不知所措地互相看看，对嚷了几句后，全都一头雾水模样，摇头叹息着扭身撤离。

真个叫“千里之堤毁于蚁穴”，荷兰球迷冲开这小小的裂口后五分钟，人山人海悉数灌入场内。

还有第二道防线：一字排开的几十个旋转铁门。当日球票上有条形码，往旋转门上的一个槽口一插，旋转门自动内旋一格，可进一人。我刚顺利进关，只听身后巨大的一声闷响，下意识地回头，只觉眼前一黑——停电了。关卡的照明灯全灭，旋转门也不工作了。铁门外人群纷纷焦急询问怎么回事，在场保安双手一摊，毫无半点意外地回答：停电。又问了：何时来？答曰：说不好……

在南非，总能碰上这样看似不顺心的事，可说来也怪，心里倒没一丝不爽，反而觉得有趣，整日欢天喜地。毕竟，这么大一个节日，这点小节算个啥！

快乐的黑哥们儿

南非很多白人，但直观感觉黑人更多。黑人大多身材极佳，四肢灵活，利于体育运动。更是个个能歌善舞，说着话呢，就双腿一屈一伸、胳膊一张一合起来，要来段RAP似的，真有股子随时随地“明朝散发弄扁舟”的气势。

在南非，空气里似乎处处散发着快乐因子，感染人。

到南非那天，进了海关排队办手续。邻队的末尾处，突然有个黑人帅小伙儿，小脑袋一头钻进队伍，左闪右突，像功夫片里武林高手移步换形，三下五除二跃过黑压压的人群，迈到柜台前。别误会，不是插队，他是机场工作人员，只是要给柜台送份文件。完成任务后，晃着小脑袋，哼着小曲儿，一颠一颠地离去。

轮到我了，黑人姑娘坐在柜台后边，正笑眯眯打听我从哪儿来，突然大厅里某人亮开嗓子唱上了，节拍强烈，嗓音嘹亮，正是世界杯的主题歌。黑人美女撂下手头工作，起身向歌声传来的方向眺望，臀胯随即轻轻扭动，大嘴当时咧到耳朵根儿。扭了十几秒钟，突然回过神来，一边坐下一边冲我歉意一笑，再问出口的，和她那时那刻的工作已毫无关系：Who’s singing?

取到行李后，出大门前被海关一名黑人大哥拦住，他是负责抽查行李的。遵照他的示意，我打开行李箱，以为要检查违禁品呢，可我想错了。黑人大哥看到箱子浮头上有本书，便问是什么书，写什么的，谁写的，这个人写过很多书吗……一个问题紧跟一个问题，一副要聊文学聊人生的架势，而且是那种泡上茶、温好酒痛聊的架势。我急着出门搭车，只好生硬地打断滔滔不绝的他：大哥您到底检查完了没？黑哥哥表情夸张地双手一摊，耸了肩道歉耽误了我的时间，说完狡黠地哈哈笑，最后爽朗地大声宣布：Welcome to South Africa！尾音拖得老长。

看比赛之余，当地人带我们逛街。有天大巴在一片别墅区穿行，到了一堵米黄色围墙边，车速突然慢到如蜗牛爬行。向导招呼大家：快看，这是南非人民最最敬仰的曼德拉老师家。

别墅不大，门口停着几辆轿车。南非百科词典一样的向导说，曼德拉老师正在家接待邻国的兄弟——因为这几辆车并非南非车牌。几辆轿车旁，戳着三四个身形高大、相貌威严的黑哥们儿，一看就是负责保卫的专业人士。有趣的是，卫士们相貌威严，却毫不遮掩他们快乐的天性，有一位正在练原地转体360度，转得不到位时，旁边人就哈哈大笑。还有一位肩膀与脑袋一直颤巍巍地晃动着，像是和着节拍正在哼歌，可他耳朵上并无耳机，音乐在他心中。

看到这一幕，不禁胡乱联想，曼德拉在家，如果偶尔端杯红茶站在窗边眺望窗外，看到自己的卫士们正在一扭一摆舞而蹈之，一定会欣慰地微笑吧？因为他的同胞们如此快乐。

南非的酒店

我们在南非，住在比勒陀利亚的曼哈顿酒店。这是一家四星级酒店，位置应该在城市比较中心的位置。去前曾在网上查了一下，顾客反映还不错，五分制的评选，卫生、服务质量、睡眠质量都得了4分，舒适度略差，得了3. 5分。房价折合人民币不到两千。

那天一进房间，我的同屋行李一扔，急急奔向卫生间。隔了会儿一身轻松地出来，说：这卫生间真素啊。他指的是基本只有硬件，软件缺乏。没有牙刷牙膏，更别提浴液香波了，没有浴衣，没有拖鞋。铺满白不呲咧瓷砖的斗室里，只有白不呲咧的面盆、澡盆，和几条白不呲咧的毛巾、浴巾。后来使用的时候，发现毛巾纤维很粗，很硬。不过看着很干净，一股消毒水味道。据说南非酒店差不多都如此。

如今出门，人人包里一堆各式各样充电器，相机的、电脑的、手机的。每到一处，头件大事就是找插座逐个充电。南非酒店的电源接口都是欧式的大号三圆孔，而我又忘了带电源适配器，所以稍作安顿，赶紧下楼找前台借adapter。很幸运，前台那位黑珍珠美女从抽屉里拿出一个，一边登记房号，一边声明：免费使用。

南非酒店大多不提供无线上网服务，我怀着撞大运的心理问了前台，果然如此。不过她说，可以免费给我一个密码，只有5兆流量，供我有紧急邮件需处理时使用。超过5兆部分，每小时费用大约是人民币一百元。

当天晚上我们没有现场球票，在酒店的酒吧看球。酒吧不大，我们七八个人，围坐在三个沙发上，就占据了酒吧一半的面积。另外一半的空间，坐着三个欧洲游客，以及三四个说着非洲特有腔调英语的南非黑人。电视不大，也就四十英寸，三拨人共看，略嫌拥挤。好在那几个欧洲游客对足球没兴趣，背对电视，坐在吧台前的高凳上高谈阔论。

临睡前要抽烟，发现火柴用完，满酒店遍寻服务员要火。服务员找到好几个，但一根火柴也找不到，打火机更是没有。一个门童好心，帮我到隔壁24小时超市买了盒火柴。一块钱，盒子印得很好看，色彩浓烈鲜艳，雄狮牌。

酒店房价含早餐，西式自助，口味不错。围着白裙子的黑人女服务员在餐桌间穿梭，手里端着咖啡或是红茶。

其中一位，来我桌前四次，第一次指着我印有巴西队标志的围巾，夸赞真漂亮，我表示赞同并感谢。第二次指着我围脖再夸一遍。我再次赞同并感谢，同时告诉她，刚才说过一遍了。第三次指着我围脖说她非常喜欢，我说我也非常喜欢。第四次，她直接问道：能送给我吗？那一刻，我心里大大小小的“私”字狂闪念。最后说出口的是：我考虑一下。

离开酒店的那天清晨，我们在餐厅吃早餐，找了半天，没见那天那位黑人妇女。不禁有种逃过一劫的心理，心想这可怪不得我了。

拖着行李坐上大巴。车子启动时，我突然跟领队说，请稍等我一分钟。冲下车，把那条围巾交给前台。我说：请帮我转交萨玛丽亚——那天她说到第四次的时候，我留意了一下她佩戴的胸牌，上面有她名字。

南非的中国人

南非的中国人不少，据说光约堡和比勒陀利亚，就有十万。不过融于几百万人口里，真显不出来，反正我们除了在赛场偶尔见到中国人，平时走街上，好像一个中国人没见着。也有可能是因为，中国人都勤奋，远离故土跑到这么遥远的地方，当然勤奋淘金是首要任务，没工夫像我们这样遛大街。

还真是，说起来，南非的黑人好像天生性格闲散，说话做事慢慢悠悠，倒是歪打正着，颇为符合当今世界“慢下来”的生活潮流。因此中国人来这里，“商机”无限，不得闲。

比如我们的导游，小伙子三十出头，在南非已经生活了十年。戴眼镜，胖乎乎，很斯文的样子。从接到我们那刻起，一直到最后把我们送至机场安检口，感觉他始终在一路小跑。腿不长，跑起来姿势不好看。不过看了两天之后，我从他的奔跑中读出不少内容，有勤奋，有踏实，有节俭，总之很多美德。小伙子如果没在跑，一定是在大巴上，不停地说话，恨不得把他知道的南非一股脑儿倾灌给我们。

小伙子是个东北人，但是使用频率最高的一个字，竟然是非常台湾腔的“蛮”——今天天气蛮冷的，那边游客蛮多的，这里治安蛮好的……我平素听这个字老觉得刺耳，但听他说，只是打耳朵，倒全无生厌之感。

导游小伙儿是个和善的勤奋淘金者，我们还遇到一个严厉的勤奋淘金者。这个来自浙江的中年女子，在比勒陀利亚闹市区开了家中餐馆，餐厅员工大多是黑人，也有几个中国姑娘。我们连续两天在她店里用餐。女老板说话快，像炒豆。走路快，擦身而过只觉耳边呼呼生风。当着我们面，她脸上永远保持职业的微笑，但谁都能看出来，那笑容有点僵。我吃饭快，一般早早吃完，躲到角落抽烟，因此见到她在厨房训斥服务员，斩钉截铁，毫不留情。员工在她面前很服帖的样子，大气儿不敢出，像小媳妇。

这样说，好像女老板很没人情味，其实不然。每餐饭，她都会挨桌问吃不吃得惯。第二天一上桌，桌上居然搁着热气腾腾的韭菜馅儿饺子。她说了，昨天悄悄打听了一下，你们这个团北方人多，我猜可能会喜欢面食的。这番话虽然仍很职业腔，但其中的心细如发和那份特别的乡情不难体会。

在南非，还碰到一个正幸福得冒泡的中国姑娘。很多年前，她常和我们一班朋友夜夜笙歌，后来渐渐从我们视野消失，朋友之间再聊起她，都猜姑娘大了，可能嫁人了。说来也巧，就在去南非前几天，她又在网上和我联系上了，果然嫁了人，而且，刚刚有了身孕。更令人惊喜的是，她居然就在约翰内斯堡。她的丈夫原在香港工作，今年刚被公司派往南非短期工作。

我在蒙帝赌场的咖啡馆坐着，姑娘远远走来，挺着个小肚子，笑容在这个彩虹国度的艳阳下无比灿烂。旁边一位眉清目秀的中国帅小伙儿，紧紧拉着她的手。

新朋老友来相会

我们一行二三十人去的南非，号称“中国明星足球队南非观战团”。我们穿着统一的黑T恤，上边印着“中国明星足球队”字样。其中“明星”二字是手写体，出自书法家都本基之手。都先生的书法曾在北京奥运期间大放光彩，我曾在一次聚会场合亲眼目睹都先生挥毫泼墨，此番都先生夫妇也在团队当中，久别再相逢。

队伍中，演员牛群老师也是老相识。某天乘大巴去球场的路上，我跟牛老师回忆起，将近二十年前，我曾去接他参加一个活动。那是电视剧《北京人在纽约》热播荧屏时，我编辑出版了一本剧组采访手记。有天剧组拉了姜文、马晓晴、王姬等人，在王府井新华书店签售，牛群老师欣然要求现场拍照——那时牛老师好像刚刚迷上摄影，现在都成摄影大家了。这趟南非之行，牛老师那个巨大的相机一刻不离手，镜头遮光罩上贴了一面不干胶的五星红旗，走到哪儿都分外惹眼。

到南非第一天，参观位于勒陀利亚的Lesedi民俗文化村。这地方有点像北京的中华民族园，集中展示祖鲁、科萨等南非原住民族的生活方式、建筑风格。参观内容之一，是欣赏南非原住民的舞蹈，我们正在一个大厅外等候入场，前一拨观看完的人拥出来，其中一个老外见了我们格外兴奋，立即和我们的领队棋哥攀谈起来。几句话聊下来，交谈双方都激动起来，热烈相拥合影留念。原来，这老外的叔叔，竟然是大名鼎鼎的米卢。

小组赛巴西对朝鲜那一天，约翰内斯堡突然遭遇多年不遇的寒流，有预报说，晚上现场气温将低至零下三度。消息一出，观战团半数以上的人忙不迭地冲向商场，紧急采购羽绒服。

逛商场逛得有点累，我到商场咖啡馆小坐。排队交钱时，身旁一位南非当地白人笑眯眯地上前搭讪，然后嘴角向咖啡馆一隅一努，问我：看到那是谁了吗？顺着他努嘴方向看去，只见一位银发中年男子，很帅。我从搭讪者的语气上大致猜出，银发男子应该是个大牌球星，但我这个伪球迷完全不认识，只好傻笑。搭讪者大概没有收到预期效果，神情略有失望，但还不死心地提醒我：再想想，英格兰？

我不忍心拂他一片热情，只好冒充明白就里地双目圆睁，努力做出惊讶表情说道：原来是他！搭讪者满足地笑了，一副心领神会的样子。我赶紧掏出相机，偷拍银发男子，貌似追星，其实心里想着，留个底儿，回去打听到底是何人。

答案当天晚上即有揭晓。晚上在球场，经友人介绍，结识了仰慕已久却从未谋面的《体坛周报》名记楼克韩。他在《读库》杂志上写的《世界杯野史》特别适合我这种不懂球的外行接近足球，接近世界杯，别提多好看了。匆匆寒暄了两句，我便拿出下午的照片请他辨认。专家就是专家，克韩只瞄了一眼便道：基冈啊，英格兰足球史上的传奇人物。

世界杯期间，南非的骄阳之下，无时无刻、无处不在地上演着一幕幕新朋老友来相会的场景，五湖四海一家亲，世界杯给人们带来多少欢乐啊。

在南非买呜呜祖拉

去南非前就听说，因为世界杯，那里好多商品坐地涨价，翻一倍很正常，翻三倍的情况也不在少数。有了这一预防针，基本打消在南非购物回国馈赠亲友的想法。

再说，南非？能买什么呢？去日本会想到买药妆，去欧美会想到买衣服、买包、买化妆品……都是约定俗成的联想；但是南非，除了听说是钻石国度之外，没听过有何特产。而钻石，总不能论斤称约，回来送朋友吧？

打算归打算，真到了那儿，还是忍不住会掏腰包。比如，世界杯的纪念品。

呜呜祖拉这小喇叭这次出了名，虽然貌似在中国的声誉不太好，国人看电视转播，都嫌它吵；但在南非，大人小孩几乎人手一个，大街小巷喇叭声随时响起，可能是最有本届世界杯特色的纪念品了。我们一行刚踏上南非土地不到俩小时，已经有人迫不及待在一家商店买了一只，绿色的，纯塑料产品，做工很糙，特别像浙江小商品市场出品的，可商标上明明写着南非制造。三百兰特，基本等于三百元人民币。

这只绿色的小喇叭在全团队人手中传阅一过，一致的评价有两条：糙、贵。

第二天，去约堡一家中餐馆吃饭。老板是个中年中国女子，举手投足精干利落，听口音像浙江人。有人先吃完，在店堂溜达，见橱柜里有呜呜祖拉，询价。女老板说了：都是同胞，便宜点卖给你们，二百五。

经历了前一天的三百，此刻的二百五虽然听着仍然挺二百五的，但已有几人一边嚷着还是贵，一边慷慨解囊。买到手里，可能是想平衡自己的心态，自嘲道：既便宜了五十，还穿上了衣服，很不错啦——昨天买的是裸体小喇叭，只有塑料，而女老板卖的这些，外边都绷着一层布，是不同国家的国旗，显得精致多了。值得一说的是，大家比来比去，觉得绷在呜呜祖拉上最配的，不是南非国旗，而是朝鲜的。

看球那天，进了球场管辖范围，里边有很多白色大帐篷。都是纪念品发售网点。这里的呜呜祖拉还是裸体的，但是价格变成了一百六。虽然还嫌贵，但我终于下手了，我想的是，毕竟是球场啊，回去送朋友时可以显摆：我这不光是在南非买的，还是在离比赛场地最近的地方买的。

离开南非那天，兜里还有一千多块兰特，于是在机场免税店四处乱逛。首先冲进的，当然还是世界杯纪念品专卖店。这里的呜呜祖拉标价六十五，我又买了俩。交款的时候自嘲，在南非买呜呜祖拉，很像在国内炒股啊，老也搞不清底在哪儿。老觉得是底了，可残酷的现实总能再一次打击你，一买就赔。我们能做的，只有不断补仓，拉低平均价。

回到北京读报，有记者采访在北京的南非名人金玉米，他说呜呜祖拉在他的祖国，一般卖二十块钱。果然，第一，坐地涨价三倍不是瞎说的；第二，没有最低，只有更低。

我的大学

1985年9月的一天，我身穿的确良衬衫、洗到发白的牛仔裤，脚蹬一双拖鞋，骑着自行车，后座驮着行李卷，前车把上挂着叮叮当当的洗漱用具，从北京师范大学东门进入校园。自此，直至1989年夏天萧瑟离去，我在这里度过四年光阴，见证了一些有意思的人和事。

老师们

上世纪八十年代中期的大学校园，师资力量的新老交替正轰轰烈烈。七八十岁的老先生们尚健在；三十出头的才俊们正在跟着老先生们读研；四五十岁的中坚力量，虽然大多已是各自学科的顶尖高手，但论资排辈，还没有专职带研究生的权利，还在给本科生上大课。

具体到北师大，我入学时，钟敬文、陆宗达、李何林、黄药眠这批巨匠不光带研究生，偶尔也给本科生讲大课。我在这校园里上的前几节大课，授课者正是钟敬文、陆宗达两位先生。讲课内容是他们的治学之路。老先生亲自出马，是对新生的优待，旨在励志，这是学校欢迎新生的固定套路吧。

我们的主课老师，古汉语有许嘉璐，现代汉语有李大魁、周同春、杨庆蕙（值得一提的是，杨老师曾亲炙师大老校长黎锦熙先生）；古代文学方面有韩兆琦、邓魁英；现代文学方面有郭志刚、杨占升、蓝棣之；语言学有岑运强（语言学泰斗岑麒祥先生之子）……我们毕业后没两年，新老交替迈了个新台阶，这些人全都成了博导，本科生们很难亲聆教诲了。

年轻一辈，我们入学时，中国第一个鲁迅研究的博士王富仁刚从李何林老先生处出师，留校任教，代过我们现代文学史课，也给我们开选修课。

这名单还可以拉得很长，现在论来都是响当当的人物。不过我读书时不是好学生，不太和老师接触，只能讲讲印象较深的片段。

老一辈的，其他几位老先生平时极少见到。钟敬文先生喜欢散步，经常在校园撞见。冬天黑呢子大衣，呢质圆顶帽，春秋天则是灰布中式对襟衫，夏天一般就是白衬衫。腕子上吊着根手仗，走平路时好像不怎么用。总是沉思状，但若有人上前请安，必笑眯眯微欠上身回礼。当时他已八十多岁，一个白发老先生悠然自得地在白杨树间散步，这是当时校园颇为迷人的一景。

中坚一辈，许嘉璐老师的古汉语课是中文系学生的最爱，别的课迟到没关系，古汉语课别说迟到了，不早早去占座，都没地儿坐，因为很多外系甚至外校的学生来听。许先生讲课极幽默，经常引得学生哄堂大笑。还记得他在课上顺口讲过个段子，说他姓许，太太姓白，就有朋友戏称他们二位是许仙和白娘子。

那几年，全社会盛行民选官员。我们赶上了民选系主任、民选副校长。许老师一来课讲得没得挑，二来早就是个名实相符的正教授，更关键的是第三——非党员；如此一来，每次民选，他总是票数遥遥领先。他给我们上课时，只是一名普通教授；课程结束时，是中文系主任；到毕业前夕，他已是副校长。毕业没几年，在家看新闻联播，他成了全国政协副主席，再后来，人大副委员长。

蓝棣之老师身材略显纤弱，头发却硬硬地立着，不成形，一看就极有个性。他是新时期社科院第一届研究生，导师是唐弢。我们入学时，他还是个讲师，典型的青年教师气质，阳光、爽朗、叛逆。不过几个月后，他仿佛一夜之间苍老十岁，本来就有点少白头，至此几乎全白。后来得知，就在那年秋天，他最疼爱的儿子在一场电梯事故中不幸丧生，才十七八岁，刚刚考上大学。从此再见蓝老师，眼神深处，总有一股幽幽的悲凉，哪怕是在和学生们说笑时。

他是研究现代诗歌的，当时研究课题是新月派。徐志摩、林徽因这些人的作品，在当时学界还未完全摆脱“格调低劣”的骂名，蓝老师已经开始用他一口“川普”满怀激情地颂扬，不吝惜任何美好的词汇，因此迅速得到学生拥戴。现代诗坛的各种文人逸事，也是蓝老师的长项，学生们无不听得兴头大起。蓝老师会从这些掌故中总结一些道理，比如他说：男女恋爱初期，男人是女人的父亲；刚结婚时，男人是女人的丈夫；老夫老妻时，男人就成了女人的儿子。

蓝老师家里，经常坐满一拨又一拨的学生，从早到晚。和我同寝室的一个同学，一天深夜回来，脸上放着光，问他哪儿打了鸡血，答曰刚在蓝老师那儿长谈。那一夜，这位同学翻来覆去睡不着，神经病一样地反复念叨：蓝老师了不起。

还有一位诗人老师任洪渊，当时也是个讲师，也受到众多学生追捧。任老师研究当代文学，不过依我看，他对研究兴趣不大，为稻粮谋而已，他的兴趣在写诗。任老师在当代文学研究的课堂上，经常情不自禁地把自己当成研究对象，与他的粉丝们分享他对自己的“研究”。任老师当时新婚不久，妻子比他年轻很多。在任老师笔下，她叫FF。任老师那段时间的所有诗作，差不多都给我们当堂念过，题目、内容千变万化，永远不变的是，念完题目紧接的那句：献给FF。

王一川老师给我们开了一门选修课，文艺美学，主要讲海德格尔，那是他当时的研究重点。王老师比我们大不了几岁，川大读的本科，北大读的硕士，师大读的博士，我们毕业前，他又远赴英国，在牛津大学读了伊格尔顿的博士后。学生们闲聊中说起王老师，都将他视为神童型学者，看着一张稚嫩的脸，讲起课来，竟然那么学识丰厚、魅力逼人。此刻我写至此处，脑海浮现一张少年般的脸庞，在讲台上不疾不徐轻柔地讲述着：在茂密的林间，有一片空地……

王老师因为面嫩差点吃了亏。他还在读博士，常到学生食堂吃饭。有次在食堂，几个人高马大的体育系学生乱加塞儿，王老师客气地告诫了一句，那几位兄弟看看他，骂骂咧咧地训斥，哪来的新生，对学长什么口气啊！一边说着，开始撸胳膊挽袖子。我排在队伍后边，见状赶紧上前警告那几位兄弟：这位其实是个老师来的。

与钟敬文先生散步一景相映成趣，校园另有一景也很迷人。校长王梓坤，经常骑着他那辆蓝色的20坤式自行车，在校园穿行。精瘦的他，骑着那么小的车，就像一根竹竿在水平移动。单看他骑车转圜自如的样子，就算在那个精神重于物质的时代，也很难相信这就是闻名世界的大数学家、北师大的校长。

我入学前一年，王梓坤开始担任北师大校长一职，他在全国范围内首先提出“尊师重教”，在以他为主的一群人提倡下，国家设立了“教师节”。我们毕业前夕，王校长离职。离职原因有很多说法，学生们都相信，他是“被离职”，因为他太爱学生了。在那个特殊的时段，这是立场问题。

那个初夏，王校长一如往常骑着那辆小车在校园稳步穿梭，不时被我们这些毕业班的学生截住，递上毕业留念册请他题字。王校长从不拒绝，总是下了车，支好车，一笔一画地写上自己的祝福。而当时，他应该已经了知，一团名叫不公正的乌云正在向他头顶倾压。

诗人·打架

八十年代的北师大诗人横行。水房门口的布告栏里，永远有诗社活动的海报；校园大喇叭里，午晚饭时间都是诗朗诵；身为中文系的学生，不时接到师兄弟们油印的各种个人诗集，或是多人合集。

诗人们喜欢诗意地看待世界，反抗一切束缚和各种约定俗成的条条框框，比如“新街口外北师大”，这坐标听着太俗了，诗人们绝对要摒弃。他们定位师大的语词，采用“铁狮子坟”，这是校园所在地很古老的一个名称。

年轻人大致都有诗人潜质，不过和众多校园随便玩票的诗人不同，北师大的诗人们是把诗歌当生命一样看待，爱之深，修之苦。当时还没感觉，时至今日就不言自明了，今天活跃在诗坛的不少人，都在铁狮子坟修炼过。诗歌江湖上，他们自成一派，号称“铁狮子坟诗群”。

诗人们的纯真与质朴，现在回想起来都叫人感慨不已。前文提到的我那位诗人室友，后来是学校最有人气的社团——太阳风诗社的社长。对门宿舍有个陕西籍同学，也爱诗歌，可他开蒙较晚，总写不出满意的作品，于是不耻下问，没日没夜地来找社长讨教。受人滴水之恩当涌泉相报吧，有段时间，社长不用去食堂了，全由陕西同学代劳。甚至有次聊得太晚，陕西同学帮社长把洗脚水打好了送到床边。

别往阿谀奉承、拍马屁那儿想，那时候学生的思想没这么复杂，至少依我观察，这位陕西同学憨憨的，绝没这么复杂，他只是爱诗，心里有个声音对他说：除了诗，其他任何事都不重要。

大众对诗人向来有种偏见，觉得诗人们都文绉绉的，柔柔弱弱的，架副眼镜，就像我读书时红遍大江南北的诗人汪国真那样。其实，自古以来诗人就分豪放、婉约两派，师大的诗人们，多属豪放派。他们不仅是诗社的主力，足球队的主力也是他们，这可以当做他们归属豪放派的证明。

豪放还有另外的证明——我在校期间经历的两桩打架事件，主角都是诗人。

一个深秋的晚上，同寝室的人都去教室晚自习了，我一人在屋里写大字。突然几个低年级女同学惊慌失措地闯进来，说坏啦，赶紧去教七101，你们宿舍的诗人被人打惨了。

我往教七狂奔，半路碰上了诗人，被几个女粉丝架着，昏昏沉沉的。那几个女生七嘴八舌争先恐后说了一通，我总算大致听明白了事情的原委。诗人在那间大阶梯教室读书，教室后排有几个教工子弟在打扑克，喷云吐雾，大声喧哗。师大教工子弟一向以打架出手凶狠著称，所以同教室的学生敢怒不敢言，能忍的继续自习，忍不了的，换教室。诗人正义感陡生，上前制止子弟们，两下言语不合，两边大打出手。可怜诗人单拳难敌四掌，被打惨了。

那天夜里大约十一点，我敲响系主任许嘉璐老师家门。许老师里边穿着件白背心，外边裹了件军大衣开的门，显然此前已休息。我请他联系学校保卫处，迅速派车送诗人去医院，其他事回头再说，因为，诗人已有点神志不清，应该是脑震荡的征兆。

后来诗人并无大碍，有同学要求校方追究打人者，倒是诗人站出来说：算了吧，我当时也盯着其中一个猛打，那孩子也被我打得够戗，血都溅我鼻子尖上了。

第二场打架事件，我方是另一个诗人，对方又是教工子弟。某年暑假，学校派中文系学生义务劳动，疏浚某教工宿舍楼下的阴沟。一百多位同学拉成一长队，挥镐抡锹正热火朝天，突然队伍一头吵嚷起来。有个教工子弟嫌同学们把他停在楼下的一辆崭新的自行车上溅了污泥，和学生们吵起来。吵嚷过程中，双方难免有肢体冲突。诗人是班长，还是个党员，上前劝架，无意中拦了那子弟一把。子弟会错意，以为拉偏架，太浑了，猛不丁不知从哪儿抽出把刀，照准诗人胳膊就砍，顿时血就淌下来了。

事后医院诊断，诗人胳膊上的筋被砍断，伤势严重，需要很长时间方可痊愈。这次同学们不干了，要求学校严惩凶手。学生处、保卫处的态度稍有暧昧，全班一百多人悉数出动，在办公大楼前静坐，要求与校长面谈。一派斗争场面，更有同学夸张地在额头上绑了白布带，上书四个血红大字：严惩凶手。虽然不免夸张，但也令路过者动容。

事过二十多年，这两位打架事件的主角，一位成了名震一方的房地产商，眼下正在投资教育事业；另一位成了公检法战线以廉洁能干著称的好官员。他俩的相同点是，都还在写诗，我分头收到他们新出版的个人诗集。

爱情·读书

八十年代高校间流传一个顺口溜：苦清华，乐北大，要谈恋爱到师大。清华当时是纯理工院校，学生学业繁重；北大人自带一股天之骄子的自信，所以老乐呵呵的；师大呢，恋爱之风盛行。

也真是。刚入学没俩月，光我们班迅速有三四对同学建立恋爱关系。毕业之后，全班一百二十个人，不出本班有三十人结成十五对夫妻。我们毕业时，学校还管分配工作，可忙坏了那些成双成对的幸福人儿——分配原则是哪儿来回哪儿去，可结对儿时，不会专挑老乡啊，就得往同一个城市调配。

那时的爱情，不如今天年轻人谈得这般奔放，绝大多数都主打羞涩牌。有对恋人，因为女生太腻，经常没骨头似的吊在男生肩膀上，还引起不少非议。既羞涩，就要扯一块遮羞布，这块布就是读书。

那时生活简单，没网吧，没酒吧，更没夜店，街上连小饭馆都没几家，就算有，也不是穷学生惦记的，就没这风气。那时所谓谈恋爱，一定离不开读书。常见模式是：一大早起，俩人各挎着书包，饭厅碰头。吃完早餐奔教室，并肩坐在一起度过上午四节课。中午一起吃完饭，各自回寝室休息。下午在教室碰头，继续肩并肩度过两三节课。晚饭一起吃，吃完再奔教室，肩并肩地上自习。教室灭灯前，各回各宿舍，一天就这样结束了。

枯燥吧？其实未必，简单的程式里，无数柔情蜜意汩汩流淌。比如早晨男生起晚了，疯狂赶到饭厅门口，发现女生一脸娇嗔，手中手帕里捂着给男生买好的早餐："这都几点啦！来不及啦，赶紧走！快吃，还热着呢。"比如教室里枯燥的四节课，女生起得太早，可以偷偷睡一觉，不必担心落课，男生正在身边奋笔疾书记笔记。比如午餐时，女生突然变戏法似的端来一盆最贵大菜——红烧排骨，那是女生省吃俭用攒下的体己钱买的。对，那时候粮票尚未取消，菜金和饭票是分开的，男生饭量大，经常一到月底就大瓢底，这时女生的饭票就顶了大用场。如果还有富余，女生会找小贩用粮票换一两盒烟，悄悄塞在男生书包里，一个小惊喜。再比如，晚自习不像上课那般正式，读书读疲了，恋人们会溜达到主席像前的小树林，钻进去找个长椅坐下，夜色笼罩之下，羞涩地拥抱亲吻。而当此时，他们身体的一侧，各有本书翻开着，那是他们出来时不自觉拿上的道具，随时不离左右的道具。

当然不是所有同学都有幸找到意中人，孤男寡女们就把浓浓的荷尔蒙发泄到读书这事儿上。

又分两种情况，一种是好学生，他们任何时候都独来独往，奉课本和考试为神，努力创造好成绩，以抵消青春期的孤独——当然，这么说，和他们立志学业，志在千里并不矛盾，一件事不同角度去看而已。另一种情况是一群自命不凡的家伙，他们最不喜欢上课，但天天逃课躲在宿舍或是图书馆，博览群书，而且专挑犄角旮旯的偏门书读，以求最广阔的视界，下次再有辩论时，他们口沫横飞，不把你侃晕绝不罢休。要说那时的所谓偏门书，也不是今天这个概念，今天资讯发达，哪有什么书想找找不到的，书店没有当当有，当当再没有，还有淘宝垫底儿。而那时所谓偏僻书，就是《梦的解析》之类的大俗书。

说到偏僻书，想起同寝室的一位江西籍同学，英文很好，他对我们把新批评、存在主义、精神分析这类书当成偏僻学问大读特读颇不以为然，讽刺我们傻乎乎尽拾人牙慧。我们请教他，依你看，该读何书呢？他嘴角一撇，很神秘地说：说了你们也看不懂，真能称得上偏僻的，当然是那些禁书啦，那是色情小说啊，别指望会出中文版。我们听了默默咬碎钢牙——谁不想读读那些闻名遐迩的黄色小说啊，可我们真看不懂。

多年之后，我在书店看到《查太莱夫人的情人》中译本，顿时想到这位江西籍老兄，大概前后有半年时间，每晚手捧此书的原版，看得啧啧称奇。我们让他讲讲，他一个字没透露过。

那时买书真是问题，购书渠道只有书店一处，书店一缺货，就没抓没挠。不过后来我发现了一个办法，能将偏僻书据为己有。师大图书馆在全国图书馆系统算非常强悍的，藏书量和种类都名列前茅。图书馆有项规定：如果借阅的图书丢失，按原书价三倍赔偿。我有一阵四处想买法国作家罗布-格里耶的一本小说，因是几年前所出，书店早已下架。我在图书馆找到借出，然后借口丢失，赔了两块多钱，了了一桩心愿。

周末，恋人们纷纷打扮得漂漂亮亮，奔赴北太平庄、西单等处逛街，单身汉们会选择骑着车，把全北京的小书店逛个遍，不定在哪家旧书店，就能淘到一本心爱的书籍，拿在手中摩挲，那感觉不亚于面对美妙恋人。

2009年夏天，为了纪念毕业二十周年，我们班七八十号人从四面八方赶到北京。在师大东门外一个餐厅大聚一场。夜深人静，各自使劲抑制那颗奔腾的心，趁着夜色，从师大新南门鱼贯走进我们青春的墓园。教二101还在，教七101还那样，主席像拆了，小树林变成了宽阔的广场……

没人大声说话，各自心里细数在这个大院留下的点点滴滴。

铁打的营盘，流水的兵，营盘有些小变化，但营盘还是营盘，无数年轻人还在这里读书、恋爱、打架，像我们留下的影子；而我们，真如流水一样，流到东南西北的大地。

长安寺

秋天降临，再过十天半拉月，北京人该跑西山赏红叶了。

北京的西山分南北两段，北段称香山，南段称八大处。上中学的时候，常和同学去西山郊游，如果从香山买票进门，则攀至顶峰鬼见愁，再由山脊一路跋涉，至南段下山，从八大处公园出门。反之若从八大处进，则由香山出。

所谓“八大处”，是指这一带有八座寺庙，分别建于唐代至清代不等。由山脚一路向上，一处长安寺，二处灵光寺，三处三山庵，四处大悲寺，五处龙泉庵，六处香界寺，七处宝珠洞，八处证果寺。其中历史最悠久的是二处灵光寺，加之有殊胜的佛牙舍利供奉于此，又是北京市佛教协会所在地，因此香火鼎盛。如今每逢周末，或是初一、十五，再或佛诞、观音诞等纪念日，八大处路堵得水泄不通，绝大部分人是来二处烧香拜佛，顺便登山眺远的。

长安寺虽是八大处的第一处，却一向少为人知。我在北京生活三十多年，多次去过八大处，从不知道还有个长安寺。三年前，因为一些机缘，有幸加入修缮长安寺的大业，头次去实地考察时，在公园门口停车场停好车，下来跟当地人打听，问到第四个人，才指了指停车场边一堵红墙说：喏！那里头。

原来长安寺并不在八大处公园围墙之内。

参与长安寺修缮工作已两年有余，古建部分全部修缮完成。在此期间，我曾无数次在满院凄凄荒草、破败房舍之间苦苦搜寻，试图找到最初建寺时古人留下的蛛丝马迹，却片瓦不见。无奈之下只能去图书馆查阅相关典籍，附加在网上遍搜有关这座院落的故事。夜深人静，在朗若白昼的明月之下，我会一寸一寸检阅这座院落，在想象中向前人核实，询问，由此得知了一些长安寺的故事，愿与有兴趣的同好分享。

长安寺地理

头一次走进长安寺，断垣残壁，满目疮痍。

寺庙坐西朝东，占地大约五十亩，分成左、中、右三部分：

中间部分又分前后，前边是个空院子，地面坑洼不平，杂草丛生，之间散落着几十棵松树、杏树、玉兰等。院子正中间有条东西向的砖铺甬道，通向一座青条石砌就的台阶，阶栏为汉白玉。汉白玉栏杆新一块旧一块，像打满补丁的衣服，显然经过不同年代的数次修补。拾级而上，即见一古建群，标准明清风格的两进四合院，规规整整，四四方方。中轴线上，依次有护法殿、释迦牟尼殿和观音殿前后排列，两侧有偏殿若干。前后两进院由一左一右两个月亮门连接。所有房舍均因年久失修而破烂不堪，偏殿墙壁上还有曾经的住民留下的美女画像挂着，落满灰尘。上前掸去陈年老灰，原来是上世纪八十年代的一本挂历。月亮门因为顶端腐朽直欲坍塌，都快变成心形的了，穿越之时，竟会下意识地伸手欲托。

左边部分（寺庙南侧），是一个近乎正方形的院落，院中有巨大厂房型建筑，青砖盖成，足有七八米高，远远高出四合院中的寺庙大殿。从这高度就能知道，这房子肯定是完全不知礼为何物时代的产物，因为哪怕稍有点敬畏之心的人都明白，在寺庙里，大殿的房顶应是制高点。不错，这厂房型建筑，是上世纪六七十年代部队占据这座院落时留下的，从其形制来看，应是做食堂用的，至今里边还有卖菜小窗口。食堂门口，有乱石堆成的假山一座，“山顶”是个大水缸，应是原来贮水作景观用的——可笑的人工瀑布。

这水缸让我想起个友人，八十年代他从中央美院毕业，被分配到某部队。来了个搞艺术的，部队首长很高兴，派他美化一下营房环境。他请示如何美化，首长想了半天说，你不美院的嘛，会画画嘛，画它几十幅，到处贴贴。我这友人又问：画什么内容呢？首长又沉吟半晌，最后大手一挥：猛虎下山……以这故事来揣测，这堆乱石和水缸，在当年部队首长眼里，可能就像苏州园林里的巧夺天工的湖石造型吧。

右边部分（寺庙北侧），是更大的一个不规则边形的院落，黄土地为主，树少许。西头有垃圾场一座，夏天臭。天气好的节假日，时有白领模样或是太太模样的男男女女，携带一筐一筐的鸟来此放飞，嘴里念念有词，是佛教徒在放生。

长安寺的碑

就在汉白玉阶栏的南侧，有块老石碑，碑文整体漫漶，个别字迹依稀可辨。后来查到，目前全世界只有中国国家图书馆收藏有此碑拓片一份二张（阴阳两面）。国图这一收藏取名“善应寺碑”，首题“重修善应禅寺永为十方常住碑记”，额篆书题“重修善应寺永为十方常住碑”，阴额同阳。龚鼎孳撰碑文，严绳孙正书并篆额。

从这碑文，可以支离破碎地了解一些长安寺的历史。长安寺最早建立于明朝弘治十七年（1504），是按皇家庙的规格修建的。据龚鼎孳碑文称，当年这里“规模宏丽，表表杰出”。又据《帝京景物略》记载，明代时的长安寺，以塑像名冠北京西山诸寺，而且这些佛像凭几而坐，汉人仪容，与常见佛像姿态、面相皆有不同。寺中所塑五百罗汉像，穿涯踏海，游戏百态，是模仿了明代被宣宗赐名“昊不信”的一位画工绘于南京昌化寺的壁画风格而作。

到了清朝康熙年间，大规模修缮长安寺，由当时的礼部尚书龚鼎孳主持修缮。康熙十年（1671）大功告成，立此碑以纪念。

碑文的两个“责任人”，当年都是大名家。严绳孙是纳兰容若的好友，工书画，王士祯曾经极力赞赏过。龚鼎孳名声更大，只是这名声不太好。此人乃崇祯七年（1634）进士，在明朝为官。李自成打进明皇宫时，他先和家人一同投井自杀，未遂，于是降李闯。李闯败，又降清。后来历任清政府的各部尚书。

龚鼎孳很有才，与当年著名的两大才子钱谦益、吴伟业并称“江左三大家”。找到一篇现代学者研究他的论文，说他“以撮有敏捷之才、偏师之慧、雄厚之力、贴切之情而执掌清初京师诗坛大纛”。

龚鼎孳还有一事为市井闲谈常常提及，当年著名的秦淮八艳之中号称最美的顾横波，二十二岁时被他纳为小妾，二人年纪相仿，始终厮守。康熙三年顾横波过世，龚鼎孳专为她作传奇词集《白门柳》行世。后世常用“白门柳”这一意象描绘明末那几桩才子佳人的故事，比如早几年广东作家刘斯奋就创作了三部曲小说《白门柳》，写复社四君子之一的冒襄与秦淮名妓董小宛的故事。

长安寺的匾

护法殿门楣上，有块砖匾。我初进长安寺时，这匾虽然多处破损，但颜色、字迹都还算清晰。这匾在这最醒目的位置，有点像长安寺的门牌号，自然历次修缮都会重点对待。再往前不说了，长安寺最后一次修缮是在1980年，虽然限于当时物力条件，修缮得相当简陋，但这块匾因为高，修好即不易人为破坏，所以得以保持大致模样。

匾额黄色花砖雕镶边，蓝地金字，隶书六字“善应长安禅林”，正中上方刻有一枚印章，篆书四字：“皇六子章”。

长安寺原名善应寺，后来改为长安寺。具体何时改的，未能查清。“禅林”之名，说来也有些怪，因为据我查到的史料，西山一代诸寺院，明清两代多为贤首宗（也称华严宗）掌据，只查到清末至民国初年，有位临济宗僧人寿天禅师曾主持长安寺寺务。而这匾署名“皇六子”题写，乾隆年间的事了。不知背后有何故事，存疑于此。

这个“皇六子”说来也鼎鼎大名，他叫永瑢，是乾隆皇帝的第六子，十七岁封贝勒，不到三十岁封质郡王。三十岁那年，做了《四库全书》的总裁。《四库全书》修成呈给乾隆皇帝审阅时，“著作人”署了十二个，永瑢排在第一位。清宫档案里还有一份《乾隆四十七年七月十九日奉旨开列办理〈四库全书〉在事诸臣职名》，长长一份名单，从正总裁、副总裁、总阅官、总纂官，一直到收掌官、监造官……三百多人，排在第一位的仍是“皇六子多罗质郡王”。近年因为电视剧红遍大江南北的纪晓岚，是《四库全书》的总纂官。

说句题外话，有意思的是，《四库全书》一编十几年，开编时纪晓岚只是个从四品的“侍读学士”，编纂过程中一路升迁，到编完，已升至当年龚鼎孳的职位：从一品礼部尚书。

永瑢因有才甚得乾隆宠爱，一度被认为是皇位继承人的有力竞争者。四十六岁时，他被封为质亲王，似乎离承接大统又近一步。可惜天妒英才，不到一年时间，白发人送黑发人，他死在了乾隆前边，都没能赶上父皇的八旬万寿庆典。

从这份匾看，康熙十年大规模修缮之后，至少乾隆朝又修过一次。否则永瑢题写不了这匾。

长安寺的塔

长安寺南北两个跨院里，对称的位置各有一座方形僧塔，砖土结构，外层砖雕，内层夯土。我进长安寺时，北院塔看上去只是个塔形的土堆了，几乎整个外层的砖失散殆尽。南院塔保存相对完好，只是塔基破损严重，塔身正中间被人掏了个大窟窿，估计是想掏点宝贝出来，未料想是个实心砖塔，无功而返。

从两座塔的形状看，当初应是同一制式。砖塔正面有一横两竖三条汉白玉，上边镌刻着上下联语及横批。南塔的上下联是："空华开落归真谛，智果圆成证涅槃"，横批"窣堵遗规"。"窣堵"为梵文音译，又称"窣堵波"，是古时佛教特有的建筑类型之一，一般是圆形塔状，主要用来供奉佛祖或高僧大德的舍利、法物或经文。

翻阅了一些资料，得知长安寺北院已毁的那座塔，是为贤首宗第三十一世祖量周观公和尚所建，原来上边也有联语："现身于恒沙劫中，证果在菩提树下"，横批是"常寂光中"。该塔建于乾隆四十一年 （1776）。原来还有额题："钦命万寿寺方丈、弥勒院开山、传贤首宗三十一世量周观公和尚之塔"。量周观公是一代名僧，据说著述颇丰，不过我只查到他有 《量周语录》 传世。万寿寺就是今天紫竹桥东南侧的那个大院子，是当年的大庙，举世闻名的大钟寺永乐大钟，明代就悬置于万寿寺。西山一代的寺庙，历代住持有多任都是万寿寺住持兼任的。

说到这里，不禁要感慨人生说起来真是种种缘分奇巧。我读高中时特别逆反，一度不想再读书，在万寿寺大院里做了几个月的临时工。当时万寿寺是巴金倡议建立的中国现代文学馆所在地，我在文学馆的图书大库里抄了整整一夏天的目录卡片。时隔二十多年，我又因为到了长安寺见到这座砖塔，再度与万寿寺相逢。

南院这座塔，是为贤首宗第三十二世祖惠月承公所建。修建年代应在嘉庆年间，因为联语之后有题写者署名："清大学士董诰书于嘉庆十二年"。

董诰也是清代名臣，出身官宦世家。父亲名叫董邦达，在乾隆皇帝年轻时，做过帝师，赐紫禁城骑马。还是纪晓岚的老师，又是名噪一时的书画大家。董诰呢，也不含糊，乾隆二十九年（1763）殿试的探花。后来历任礼、工、户、吏、刑各部侍郎、军机大臣、户部尚书等职，位极人臣。嘉庆皇帝即位后不久，他在铲除和珅的行动中立过大功。董诰死时，嘉庆皇帝亲临祭奠，御制哀诗有“只有文章传子侄，绝无货币置田庄”之句。

有意思的是，董诰还是《四库全书》的副总裁。从永瑢到董诰，长安寺的文化气息还真挺浓厚的，这恐怕也是我一来长安寺即深爱这地方的潜在原因之一。

长安寺的树

西山八大处在明清时代既是京师著名的风水宝地，也是当时人踏青避暑最爱来的地方。当时这一代有“三山、八刹、十二景”之称。“十二景”里有一景叫“春山杏林”，即指长安寺一带杏树密布，春回大地时节，粉粉白白的杏花怒放，四野芳香，景观宜人。

可惜现在的长安寺，只有前院尚存一棵杏树。每到杏子成熟的季节，结满又小又黄的小山杏，也没人摘，熟透了就掉到地上，捡起来吃，酸甜俱到好处，味道极佳，绝非现在超市果摊卖的那些营养液养大的杏儿可比。

长安寺目前留下的树以松树为主。南院有棵巨大的塔松，夏日威武雄壮，遮天蔽日；到了冬季，略有凋零，松针纷落。因为正处在一个窝风口，一地散落的松针会被吹成一团一团的形状，很像一个个密密实实的蒲团。

长安寺还有两棵白皮松非常有名，在第二进院里，一南一北分列于观音殿前。这两棵树是元代种植的。我在一份“北平特别市社会局”1912年的档案里看到，当年经专家在全北京考察，确立了几百棵要重点保护的大树，这两棵在列。

这两棵树现在由政府派专人负责，每年都会在树干旁一两米远处，通过特殊管道对古树施加营养液，因此至今生机勃勃。

释迦牟尼殿前也有两棵白皮松，种植年代应该比前述两棵稍晚。春夏之际，常有小松鼠在树杈间蹿蹦跳跃，玩得不亦乐乎。有几天下午我闲来无事，站在树下和小家伙们互动，我出点声音，它们就蹿跳一下；我静默，它们也按兵不动。如此这般，不知不觉晚霞满天。

长安寺的人

长安寺建寺以来，不知经历了多少任住持，接纳了多少僧人在此修行，目前我掌握的资料十分有限，无法验明，只能知道些片段，比如前边讲到的量周观公、惠月承公以及寿天禅师都与之关系密切。资料查到民国年间渐渐多起来，而且不少细节的原档都还能看到。在此择取1930年至1952年这段时间的部分档案呈现于此，管中窥豹，从中大略可见长安寺的衰败，以及当年长安寺僧众的部分生活状态——

1930年6月24日，长安寺住持化尘（31岁，籍贯河北宛平，俗姓郑）向北平特别市社会局呈报长安寺地产：

为报请庙产登记事窃僧在西郊香山四平台门牌七十号长安寺充当住持现为遵章登记庙产僧寺共有佛殿群房四十一间庙内外山地二十亩住持一名工人二名其余器物列表附呈外所报并无隐匿等情理合遵章具保呈请准予登记是为公便。

寺庙登记条款总表：

募建，明弘治十七年，康熙十年重修，为檀越公德。光绪二十五年为僧师（注：寿天和尚）出资重修。

房屋间数：大殿九间，配房三十二间，将倒塌者居多数。

土地亩数：庙内外山坡地二十亩。

法物种类：大铜钟一口，小铁钟一口，铁典

□一个，铁磬一个，旧鼓二面，木五供壹堂，石碑一座，树六棵。

（大铜钟由明代铸造，上有刻字为证。余者历代所传所为取得信仰供佛用。）

佛像神像：前殿关帝铜像一尊，群神泥像九位。中殿三世佛木像五尊。后殿娘娘泥像十一位，小铜像一尊，玉皇木像一尊，韦陀配神三尊。

1935年3月11日，化尘以病请辞住持职。证果寺住持宽广（时年61岁，河北衡水人，住德胜门外华严寺）等呈请“北京特别市社会局”，由本容暂代长安寺住持。从现存资料看，化尘的“辞职”并非生病原因，其中不少隐情，比如有其他寺庙的人到政府告他在寺内滥砍树木，还有人暗讽他有精神疾病等等。这批资料看得人很无语——当时西山一带僧团这一小社会，貌似并不清净，尤其是在贫穷状态下，更是面目多有不善。

本容接替长安寺住持八年后圆寂。1943年11月，还是宽广和尚呈请社会局——

为呈请事窃查本市西郊八大处翠微山长安寺住持本容和尚业于民国三十二年十月十九日因病在华严寺圆寂所遗长安寺住持一席由本贤首宗全

体各寺于十一月八日公推拈花寺住持量源代理该长安寺住持查该僧量源精诚久著堪资整理除分呈北京佛教会备案外理合备文呈请钧局照准指示备案实为公便。

后附量源履历——

法名实淮字量源现年四十八岁原籍河北邢台县人民宋氏子五岁出家投本县龙华寺礼成林师祝发于民国四年冬诣西山戒台万寿寺依达文老和尚座下受具足戒民国十七年回拈花寺十八年八月十六日授拈花寺住持。

社会局派了人来，找报告人问话，档案亦有留存——

长安寺同宗本家问话记录（1943年11月29日）：

问：长安寺为何尚未推行正式住持

答：因该庙庙址偏僻收入甚微不能供养一人生活曾公选真武庙仁道接充仁道不肯故共同议决暂由拈花寺住持量源代理住持俟年景稍好再行公选正式住持

问：本容对该庙有无纠纷债务

答：并无纠纷债务本宗共同负责保证

问：量源代理住持该庙派何人照管

答：拟派一僧人照管一切用费由拈花寺担负。

以上所供均系实情

签名：佑圣寺钟钵　广济寺清源　延寿寺证和　静默寺本利　静业寺玉□　宝通寺慧澄　东观音寺玉玺　寿兴寺崇辉　西方寺永安　广慈庵碧山　拈花寺量源　灵光寺寿□　香界寺德福　梓潼庙法魁　贤良寺圣泉　慈恩寺慧明　观音寺普贤福□　证果寺宽广

1950年，新中国北京市人民政府公园管理委员会出了一份“西山八大处及退谷山场调查报告”。报告称：

长安寺（一名善应寺）……有房屋四五十间修饰不久均能使用（除大殿外），方丈僧亮远现住京，副僧住龙王堂内，现由劳大住用。用俱全。在其所属境界内有私人别墅五处，坟地一处，分述如下：

一，无量寺和尚坟，其东有看坟房一所，石片房七八间，现由派出所住用，该处居长安寺南头。

二，王荫泰别墅在虎头山东南山坡上，有房二十余间，西式□□并有卫生设备，用俱缺少。有一两间房已塌顶露天。王系伪华北政府委员长大汉奸，该房间未处理有人看管。

三，冯国璋别墅。有石片房五间，在王荫泰房下方，门牌八十号，是冯大儿媳所建，用俱不多，房没人用，经□抹后能用，亦未处理。

四，钱方世别墅在长安寺北，小药铺西上坡，隔干石河上岸，有楼房十余间，现在由劳大使用，钱曾任盐务总署职务，现由李贵看守。

五，钱文广别墅在长安寺北，大门斜对小木桥，中式房十五六间，用俱全，看守人张宝才，房由劳大使用。钟曾在盐务总署做事。

六，曹立明别墅在长安寺斜对门河北岸上，国民小学南（中隔孔宅）有楼房与平房二十余间，地面系买自赵庆华的，房屋尚完好，庭园秀丽，家具不全，现劳大使用，该房尚未处理已没人看管，该主系前伪国民党十六军军需处长。

以上材料中有个专有名词“劳大”，需要说明一下。1949年初，原在西柏坡的中共中央迁往北平西山一带。在李克农等人的具体安排下，确定中央机关进北平后对外称

"劳动大学"，简称"劳大"。其实以"大学"代称中共中央，是中国共产党人的发明。中共中央驻西柏坡时，也曾以"农业大学"代称，当时有些糊涂人，还跑去要求报考大学呢。

1951年4月13日，灵光寺心明和尚提出将灵光寺交由公园管理委员会。当时该寺驻有劳大医疗所及工兵营。

1952年11月12日，北京市人民政府民政局致函北京市公园管理委员会称：

> 一，查西山八大处风景区业经我局将第二处至第八处等七座庙产移交你会接管，兹据第一处长安寺际厚和尚呈称："我要把长安寺交与公家，并要求点待遇解决生活困难"等语。
>
> 二，特此函请你会将该庙予以接收，以便统一管理该风景区庙产，并请你会援例给际厚和尚以适当照顾，希即查照办理回复为荷。

至此，长安寺作为一个寺庙，一个时代结束，另一个时代开始了。

［附记］

在长安寺忙乎的过程里，时有亲朋好友来参观，又遇巧事两桩，记在这里。

有天我的好朋友、作家赵赵来玩，甫一进院，就盯着门前的影壁出神。那块影壁应该也是老地方的老物件，上边书有四个大字：“登欢喜地”。

赵赵当时并未多说什么，后来走时，又盯着那块影壁看，似在回忆什么，最终一脸狐疑地走了。当天夜里，她的狐疑谜底揭晓——她从MSN上发来一张照片，竟是大约二十年前她在那影壁前的留影。赵赵小时住在石景山，离长安寺很近。可她现在已经想不清当初是怎么来的这儿，又怎么留下了这张照片的。

还有一天，我的一个大学同班同学来访。在院里溜达的时候，他不时挠着头皮说，我怎么老觉得这地方我来过啊！我当时开玩笑：那就是来过呗，梦里来过。

第二天一大早，我那同学兴奋地打电话来：对长安寺来说，你可得算我晚辈喽！我不只去过长安寺，我出生在那个院儿呢！

当天下午同学带着他年迈的父母就来了，两位老人从进院门那一刹那起，就不停欷歔，直感叹变化太大，都不认识了。原来他俩当年是北京军区的文职干部，他们部门办公、住宿就曾在这个院里。

一路来到第一进院北侧的一间偏殿前，老两口左右打量，最后指着那间房子对儿子说：没错儿！就这间！儿子，你爸你妈就是在这间屋里结的婚。